COLLECTION FOLIO

Marcel Aymé

Le passe-muraille

Gallimard

LE PASSE-MURAILLE

Il y avait à Montmartre, au troisième étage du 75 *bis* de la rue d'Orchampt, un excellent homme nommé Dutilleul qui possédait le don singulier de passer à travers les murs sans en être incommodé. Il portait un binocle, une petite barbiche noire, et il était employé de troisième classe au ministère de l'Enregistrement. En hiver, il se rendait à son bureau par l'autobus, et, à la belle saison, il faisait le trajet à pied, sous son chapeau melon.

Dutilleul venait d'entrer dans sa quarante-troisième année lorsqu'il eut la révélation de son pouvoir. Un soir, une courte panne d'électricité l'ayant surpris dans le vestibule de son petit appartement de célibataire, il tâtonna un moment dans les ténèbres et, le courant revenu, se trouva sur le palier du troisième étage. Comme sa porte d'entrée était fermée à clé de l'intérieur, l'incident lui donna à réfléchir et, malgré les remontrances de sa raison, il se décida à rentrer chez lui comme il en était sorti, en passant à travers la muraille. Cette étrange faculté, qui semblait ne répondre à aucune de ses aspirations, ne laissa pas de le contrarier un peu et, le lendemain samedi, profitant de la semaine anglaise, il alla trouver un médecin du quartier pour lui exposer son cas. Le docteur put se convaincre qu'il disait vrai et, après examen, découvrit la cause du mal dans un durcissement hélicoïdal de la paroi strangulaire du corps thyroïde. Il prescrivit le surmenage intensif et, à raison de deux cachets par an, l'absorption de poudre de pirette tétravalente, mélange de farine de riz et d'hormone de centaure.

Ayant absorbé un premier cachet, Dutilleul rangea le médicament dans un tiroir et n'y pensa plus. Quant au surmenage intensif, son activité de fonctionnaire était réglée par des usages ne s'accommodant d'aucun excès, et ses heures de loisir, consacrées à la lecture du journal et à sa collection de timbres, ne l'obligeaient pas non plus à une dépense déraisonnable d'énergie. Au bout d'un an, il avait donc gardé intacte la faculté de passer à travers les murs, mais il ne l'utilisait jamais, sinon par inadvertance, étant peu curieux d'aventures et rétif aux entraînements de l'imagination. L'idée ne lui venait même pas de rentrer chez lui autrement que par la porte et après l'avoir dûment ouverte en faisant jouer la serrure. Peut-être eût-il vieilli dans la paix de ses habitudes sans avoir la tentation de mettre ses dons à l'épreuve, si un événement extraordinaire n'était venu soudain bouleverser son existence. M. Mouron, son sous-chef de bureau, appelé à d'autres fonctions, fut remplacé par un certain M. Lécuyer, qui avait la parole brève et la moustache en brosse. Dès le premier jour, le nouveau sous-chef vit de très mauvais œil que Dutilleul portât un lorgnon à chaînette et une barbiche noire, et il affecta de le traiter comme une vieille chose gênante et un peu malpropre. Mais le plus grave était qu'il prétendît introduire dans son service des réformes d'une portée considérable et bien faites pour troubler la quiétude de son subordonné. Depuis vingt ans, Dutilleul commençait ses lettres par la formule suivante : « Me reportant à votre honorée du tantième courant et, pour mémoire, à notre échange de lettres antérieur, j'ai l'honneur de vous informer... » Formule à laquelle M. Lécuyer entendit substituer une autre d'un tour plus américain : « En réponse à votre lettre du tant, je vous informe... » Dutilleul ne put s'accoutumer à ces façons épistolaires. Il revenait malgré lui à la manière traditionnelle, avec une obstination machinale qui lui valut l'inimitié grandissante du sous-chef. L'atmosphère du ministère de l'Enregistrement lui devenait presque pesante. Le matin, il se rendait à son travail avec appréhension, et le soir, dans son lit, il lui arrivait bien souvent de méditer un quart d'heure entier avant de trouver le sommeil.

Ecœuré par cette volonté rétrograde qui compromettait le succès de ses réformes, M. Lécuyer avait relégué Dutilleul dans un réduit à demi obscur, attenant à son bureau. On y accédait par une porte basse et étroite donnant sur le couloir et portant encore en lettres capitales l'inscription : Débarras. Dutilleul avait accepté d'un cœur résigné cette humiliation sans précédent, mais chez lui, en lisant dans son journal le récit de quelque sanglant fait divers, il se surprenait à rêver que M. Lécuyer était la victime.

Un jour, le sous-chef fit irruption dans le réduit en brandissant une lettre et il se mit à beugler :

— Recommencez-moi ce torchon! Recommencez-moi cet innommable torchon qui déshonore mon service!

Dutilleul voulut protester, mais M. Lécuyer, la voix

tonnante, le traita de cancrelat routinier, et, avant de partir, froissant la lettre qu'il avait en main, la lui jeta au visage. Dutilleul était modeste, mais fier. Demeuré seul dans son réduit, il fit un peu de température et, soudain, se sentit en proie à l'inspiration. Quittant son siège, il entra dans le mur qui séparait son bureau de celui du sous-chef, mais il y entra avec prudence, de telle sorte que sa tête seule émergeât de l'autre côté. M. Lécuyer, assis à sa table de travail, d'une plume encore nerveuse déplaçait une virgule dans le texte d'un employé, soumis à son approbation, lorsqu'il entendit tousser dans son bureau. Levant les yeux, il découvrit avec un effarement indicible la tête de Dutilleul, collée au mur à la façon d'un trophée de chasse. Et cette tête était vivante. A travers le lorgnon à chaînette, elle dardait sur lui un regard de haine. Bien mieux, la tête se mit à parler.

— Monsieur, dit-elle, vous êtes un voyou, un butor et un galopin.

Béant d'horreur, M. Lécuyer ne pouvait détacher les yeux de cette apparition. Enfin, s'arrachant à son fauteuil, il bondit dans le couloir et courut jusqu'au réduit. Dutilleul, le porte-plume à la main, était installé à sa place habituelle, dans une attitude paisible et laborieuse. Le sous-chef le regarda longuement et, après avoir balbutié quelques paroles, regagna son bureau. A peine venait-il de s'asseoir que la tête réapparaissait sur la muraille.

— Monsieur, vous êtes un voyou, un butor et un galopin.

Au cours de cette seule journée, la tête redoutée apparut vingt-trois fois sur le mur et, les jours suivants, à la même cadence. Dutilleul, qui avait acquis une certaine aisance à ce jeu, ne se contentait plus d'invectiver contre le sous-chef. Il proférait des menaces obscures, s'écriant par exemple d'une voix sépulcrale, ponctuée de rires vraiment démoniaques :

— Garou! garou! Un poil de loup! (*rire*). Il rôde un frisson à décorner tous les hiboux (*rire*).

Ce qu'entendant, le pauvre sous-chef devenait un peu plus pâle, un peu plus suffocant, et ses cheveux se dressaient bien droits sur sa tête et il lui coulait dans le dos d'horribles sueurs d'agonie. Le premier jour, il maigrit d'une livre. Dans la semaine qui suivit, outre qu'il se mit à fondre presque à vue d'œil, il prit l'habitude de manger le potage avec sa fouchette et de saluer militairement les gardiens de la paix. Au début de la deuxième semaine, une ambulance vint le prendre à son domicile et l'emmena dans une maison de santé.

Dutilleul, délivré de la tyrannie de M. Lécuyer, put revenir à ses chères formules : « Me reportant à votre honorée du tantième courant... » Pourtant, il était insatisfait. Quelque chose en lui réclamait, un besoin nouveau, impérieux, qui n'était rien de moins que le besoin de passer à travers les murs. Sans doute le pouvait-il faire aisément, par exemple chez lui, et du reste, il n'y manqua pas. Mais l'homme qui possède des dons brillants ne peut se satisfaire longtemps de les exercer sur un objet médiocre. Passer à travers les murs ne saurait d'ailleurs constituer une fin en soi. C'est le départ d'une aventure, qui appelle une suite, un développement et, en somme, une rétribution. Dutilleul le comprit très bien. Il sentait en lui un besoin d'expansion, un désir croissant de s'accomplir et de se surpasser, et une certaine nostalgie qui était quelque chose comme l'appel de derrière le mur. Malheureusement, il lui manquait un but. Il chercha son inspiration dans la lecture du journal, particulièrement aux chapitres de la politique et du sport, qui lui semblaient être des activités honorables, mais s'étant finalement rendu compte qu'elles n'offraient aucun débouché aux personnes qui passent à travers les murs, il se rabattit sur le fait divers qui se révéla des plus suggestifs.

Le premier cambriolage auquel se livra Dutilleul eut lieu dans un grand établissement de crédit de la rive droite. Ayant traversé une douzaine de murs et de cloisons, il pénétra dans divers coffres-forts, emplit ses poches de billets de banque et, avant de se retirer, signa son larcin à la craie rouge, du pseudonyme de Garou-Garou, avec un fort joli paraphe qui fut reproduit le lendemain par tous les journaux. Au bout d'une semaine, ce nom de Garou-Garou connut une extraordinaire célébrité. La sympathie du public allait sans réserve à ce prestigieux cambrioleur qui narguait si joliment la police. Il se signalait chaque nuit par un nouvel exploit accompli soit au détriment d'une banque, soit à celui d'une bijouterie ou d'un riche particulier. A Paris comme en province, il n'y avait point de femme un peu rêveuse qui n'eût le fervent désir d'appartenir corps et âme au terrible Garou-Garou. Après le vol du fameux diamant de Burdigala et le cambriolage du Crédit municipal, qui eurent lieu la même semaine, l'enthousiasme de la foule atteignit au délire. Le ministre de l'Intérieur dut démissionner, entraînant dans sa chute le ministre de l'Enregistrement. Cependant, Dutilleul devenu l'un des hommes les plus riches de Paris, était toujours ponctuel à son bureau et on parlait de lui pour les palmes académiques. Le matin, au ministère de l'Enregistrement, son plaisir était d'écouter les commentaires que faisaient les collègues sur ses exploits de la veille. « Ce Garou-Garou, disaient-ils, est un homme formidable, un surhomme, un génie. » En entendant de tels éloges, Dutilleul devenait rouge de confusion et, derrière le lorgnon à chaînette, son regard brillait d'amitié et de gratitude. Un jour, cette atmosphère de sympathie le mit tellement en confiance qu'il ne crut pas pouvoir garder le secret plus longtemps. Avec un reste de timidité, il considéra ses collègues groupés autour d'un journal relatant le cambriolage de la Banque de France, et déclara d'une voix modeste : « Vous savez, Garou-Garou, c'est moi. » Un rire énorme et interminable accueillit la confidence de Dutilleul qui reçut, par dérision, le surnom de Garou-Garou. Le soir, à l'heure de quitter le ministère, il était l'objet de plaisanteries sans fin de la part de ses camarades et la vie lui semblait moins belle.

Quelques jours plus tard, Garou-Garou se faisait pincer par une ronde de nuit dans une bijouterie de la rue de la Paix. Il avait apposé sa signature sur le comptoir-caisse et s'était mis à chanter une chanson à boire en fracassant différentes vitrines à l'aide d'un hanap en or massif. Il lui eût été facile de s'enfoncer dans un mur et d'échapper ainsi à la ronde de nuit, mais tout porte à croire qu'il voulait être arrêté et probablement à seule fin de confondre ses collègues dont l'incrédulité l'avait mortifié. Ceux-ci, en effet, furent bien surpris, lorsque les journaux du lendemain publièrent en première page la photographie de Dutilleul. Ils regrettèrent amèrement d'avoir méconnu leur génial camarade et lui rendirent hommage en se laissant pousser une petite barbiche. Certains même, entraînés par le remords et l'admiration, tentèrent de se faire la main sur le portefeuille ou la montre de famille de leurs amis et connaissances.

On jugera sans doute que le fait de se laisser prendre par la police pour étonner quelques collègues témoigne d'une grande légèreté, indigne d'un homme exceptionnel, mais le ressort apparent de la volonté est fort peu de chose dans une telle détermination. En renonçant à la liberté, Dutilleul croyait céder à un orgueilleux désir de revanche, alors qu'en réalité il glissait simplement sur la pente de sa destinée. Pour un homme qui passe à travers les murs, il n'y a point de carrière un peu poussée s'il n'a tâté au moins une fois de la prison. Lorsque Dutilleul pénétra dans les locaux de la Santé, il eut l'impression d'être gâté par le sort. L'épaisseur des murs était pour lui un véritable régal. Le lendemain même de son incarcération, les gardiens découvrirent avec stupeur que le prisonnier avait planté un clou dans le mur de sa cellule et qu'il y avait accroché une montre en or appartenant au directeur de la prison. Il ne put ou ne voulut révéler comment cet objet était entré en sa possession. La montre fut rendue à son propriétaire et, le lendemain, retrouvée au chevet de Garou-Garou avec le tome premier des *Trois Mousquetaires* emprunté à la bibliothèque du directeur. Le personnel de la Santé était sur les dents. Les gardiens se plaignaient en outre de recevoir des coups de pied dans le derrière, dont la provenance était inexplicable. Il semblait que les murs eussent, non plus des oreilles, mais des pieds. La détention de Garou-Garou durait depuis une semaine, lorsque le directeur de la Santé, en pénétrant un matin dans son bureau, trouva sur sa table la lettre suivante :

« Monsieur le directeur. Me reportant à notre entretien du 17 courant et, pour mémoire, à vos instructions générales du 15 mai de l'année dernière, j'ai l'honneur de vous informer que je viens d'achever la lecture du second tome des *Trois Mousquetaires* et que je compte m'évader cette nuit entre onze heures vingt-cinq et onze heures trente-cinq. Je vous prie, monsieur le directeur, d'agréer l'expression de mon profond respect. Garou-Garou. »

Malgré l'étroite surveillance dont il fut l'objet cette nuit-là, Dutilleul s'évada à onze heures trente. Connue du public le lendemain matin, la nouvelle souleva partout un enthousiasme magnifique. Cependant, ayant effectué un nouveau cambriolage qui mit le comble à sa popularité, Dutilleul semblait peu soucieux de se cacher et circulait à travers Montmartre sans aucune précaution. Trois jours après son évasion, il fut arrêté rue Caulaincourt au café du Rêve, un peu avant midi, alors qu'il buvait un vin blanc citron avec des amis.

Reconduit à la Santé et enfermé au triple verrou dans un cachot ombreux, Garou-Garou s'en échappa le soir même et alla coucher à l'appartement du directeur, dans la chambre d'ami. Le lendemain matin, vers neuf heures, il sonnait la bonne pour avoir son petit déjeuner et se laissait cueillir au lit, sans résistance, par les gardiens alertés. Outré, le directeur établit un poste de garde à la porte de son cachot et le mit au pain sec. Vers midi, le prisonnier s'en fut déjeuner dans un restaurant voisin de la prison et, après avoir bu son café, téléphona au directeur.

— Allô! Monsieur le directeur, je suis confus, mais tout à l'heure, au moment de sortir, j'ai oublié de prendre votre portefeuille, de sorte que je me trouve en panne au restaurant. Voulez-vous avoir la bonté d'envoyer quelqu'un pour régler l'addition?

Le directeur accourut en personne et s'emporta jusqu'à proférer des menaces et des injures. Atteint dans sa fierté, Dutilleul s'évada la nuit suivante et pour ne plus revenir. Cette fois, il prit la précaution de raser sa barbiche noire et remplaça son lorgnon à chaînette par des lunettes en écaille. Une casquette de sport et un costume à larges carreaux avec culotte de golf achevèrent de le transformer. Il s'installa dans un petit appartement de l'avenue Junot où, dès avant sa première arrestation, il avait fait transporter une partie de son mobilier et les objets auxquels il tenait le plus. Le bruit de sa renommée commençait à le lasser et depuis son séjour à la Santé, il était un peu blasé sur le plaisir de passer à travers les murs. Les plus épais, les plus orgueilleux, lui semblaient maintenant de simples paravents, et il rêvait de s'enfoncer au cœur de quelque massive pyramide. Tout en mûrissant le projet d'un voyage en Egypte, il menait une vie des plus paisibles, partagée entre sa collection de timbres, le cinéma et de longues flâneries à travers Montmartre. Sa métamorphose était si complète qu'il passait, glabre et lunetté d'écaille, à côté de ses meilleurs amis sans être reconnu. Seul le peintre Gen Paul, à qui rien ne saurait échapper d'un changement survenu dans la physionomie d'un vieil habitant du quartier, avait fini par pénétrer sa véritable identité. Un matin qu'il se trouva nez à nez avec Dutilleul au coin de la rue de l'Abreuvoir, il ne put s'empêcher de lui dire dans son rude argot :

— Dis donc, je vois que tu t'es miché en gigolpince pour tétarer ceux de la sûrepige — ce qui signifie à peu près en langage vulgaire : je vois que tu t'es déguisé en élégant pour confondre les inspecteurs de la Sûreté.

— Ah! murmura Dutilleul, tu m'as reconnu!

Il en fut troublé et décida de hâter son départ pour l'Egypte. Ce fut l'après-midi de ce même jour qu'il devint amoureux d'une beauté blonde rencontrée deux fois rue Lepic à un quart d'heure d'intervalle. Il en oublia aussitôt sa collection de timbres et l'Egypte et les Pyramides. De son côté, la blonde l'avait regardé avec beaucoup d'intérêt Il n'y a rien qui parle à l'imagination des jeunes femmes d'aujourd'hui comme des culottes de golf et une paire de lunettes en écaille. Cela sent son cinéaste et fait rêver cocktails et nuits de Californie. Malheureusement, la belle, Dutilleul en fut informé par Gen Paul, était mariée à un homme brutal et jaloux. Ce mari soupçonneux, qui menait d'ailleurs une vie de bâtons de chaise, délaissait régulièrement sa femme entre dix heures du soir et quatre heures du matin, mais avant de sortir, prenait la précaution de la boucler dans sa chambre, à deux tours de clé, toutes persiennes fermées au cadenas. Dans la journée, il la surveillait étroitement, lui arrivant même de la suivre dans les rues de Montmartre.

— Toujours à la biglouse, quoi. C'est de la grosse nature de truand qu'admet pas qu'on ait des vouloirs de piquer dans son réséda.

Mais cet avertissement de Gen Paul ne réussit qu'à enflammer Dutilleul. Le lendemain, croisant la jeune femme rue Tholozé, il osa la suivre dans une crémerie et, tandis qu'elle attendait son tour d'être servie, il lui dit qu'il l'aimait respectueusement, qu'il savait tout : le mari méchant, la porte à clé et les persiennes, mais qu'il serait le soir même dans sa chambre. La blonde rougit, son pot à lait trembla dans sa main et, les yeux mouillés de tendresse, elle soupira faiblement : « Hélas! Monsieur, c'est impossible. »

Le soir de ce jour radieux, vers dix heures, Dutilleul était en faction dans la rue Norvins et surveillait un robuste mur de clôture, derrière lequel se trouvait une petite maison dont il n'apercevait que la girouette et la cheminée. Une porte s'ouvrit dans ce mur et un homme, après l'avoir soigneusement fermée à clé derrière lui, descendit vers l'avenue Junot. Dutilleul attendit de l'avoir vu disparaître, très loin, au tournant de la descente, et compta encore jusqu'à dix. Alors, il s'élança, entra dans le mur au pas gymnastique et, toujours courant à travers les obstacles, pénétra dans la chambre de la belle recluse. Elle l'accueillit avec ivresse et ils s'aimèrent jusqu'à une heure avancée.

Le lendemain, Dutilleul eut la contrariété de souffrir de violents maux de tête. La chose était sans importance et il n'allait pas, pour si peu, manquer à son rendez-vous. Néanmoins, ayant par hasard découvert des cachets épars au fond d'un tiroir, il en avala un le matin et un l'après-midi. Le soir, ses douleurs de tête étaient supportables et l'exaltation les lui fit oublier. La jeune femme l'attendait avec toute l'impatience qu'avaient fait naître en elle les souvenirs de la veille et ils s'aimèrent, cette nuit-là, jusqu'à trois heures du matin. Lorsqu'il s'en alla, Dutilleul, en traversant les cloisons et les murs de la maison, eut l'impression d'un frottement inaccoutumé aux hanches et aux épaules. Toutefois, il ne crut pas devoir y prêter attention. Ce ne fut d'ailleurs qu'en pénétrant dans le mur de clôture qu'il éprouva nettement la sensation d'une résistance. Il lui semblait se mouvoir dans une matière encore fluide, mais qui devenait pâteuse et prenait, à chacun de ses efforts, plus de consistance. Ayant réussi à se loger tout entier dans l'épaisseur du mur, il s'aperçut qu'il n'avançait plus et se souvint avec terreur des deux cachets qu'il avait pris dans la journée. Ces cachets, qu'il avait crus d'aspirine, contenaient en réalité de la poudre de pirette tétravalente prescrite par le docteur l'année précédente. L'effet de cette médication s'ajoutant à celui d'un surmenage intensif, se manifestait d'une façon soudaine.

Dutilleul était comme figé à l'intérieur de la muraille. Il y est encore à présent, incorporé à la pierre. Les noctambules qui descendent la rue Norvins à l'heure où la rumeur de Paris s'est apaisée, entendent une voix assourdie qui semble venir d'outre-tombe et qu'ils prennent pour la plainte du vent sifflant aux carrefours de la Butte. C'est Garou-Garou Dutilleul qui lamente la fin de sa glorieuse carrière et le regret des amours trop brèves. Certaines nuits d'hiver, il arrive que le peintre Gen Paul, décrochant sa guitare, s'aventure dans la solitude sonore de la rue Norvins pour consoler d'une chanson le pauvre prisonnier, et les notes, envolées de ses doigts engourdis, pénètrent au cœur de la pierre comme des gouttes de clair de lune.

LES SABINES

Il y avait à Montmartre, dans la rue de l'Abreuvoir, une jeune femme prénommée Sabine, qui possédait le don d'ubiquité. Elle pouvait à son gré se multiplier et se trouver en même temps, de corps et d'esprit, en autant de lieux qu'il lui plaisait souhaiter. Comme elle était mariée et qu'un don si rare n'eût pas manqué d'inquiéter son mari, elle s'était gardée de lui en faire la révélation et ne l'utilisait guère que dans son appartement, aux heures où elle y était seule. Le matin, par exemple, en procédant à sa toilette, elle se dédoublait ou se détriplait pour la commodité d'examiner son visage, son corps et ses attitudes. L'examen terminé, elle se hâtait de se rassembler, c'est-à-dire de se fondre en une seule et même personne. Certains après-midi d'hiver ou de grande pluie qu'elle avait peu d'entrain à sortir, il arrivait aussi à Sabine de se multiplier par dix ou par vingt, ce qui lui permettait de tenir une conversation animée et bruyante qui n'était du reste rien de plus qu'une conversation avec elle-même. Antoine Lemurier, son mari, sous-chef du contentieux à la S.B.N.C.A., était loin de soupçonner la vérité et croyait fermement qu'il possédait, comme tout le monde, une femme indivisible. Une seule fois, rentrant chez lui à l'improviste, il s'était trouvé en présence de trois épouses rigoureusement identiques, aux attitudes près, et qui le regardaient de leurs six yeux pareillement bleus et limpides, de quoi il était resté coi et la bouche un peu bée. Sabine s'étant aussitôt rassemblée, il avait cru être victime d'un malaise, opinion dans laquelle il s'était entendu confirmer par le médecin de la famille, qui diagnostiqua une insuffisance hypophysaire et prescrivit quelques remèdes chers.

Un soir d'avril, après dîner, Antoine Lemurier vérifiait des bordereaux sur la table de la salle à manger et Sabine, assise dans un fauteuil, lisait une revue de cinéma. Levant les yeux sur sa femme, il fut surpris de son attitude et de l'expression de sa physionomie. La tête inclinée sur l'épaule, elle avait laissé tomber son journal. Ses yeux agrandis brillaient d'un éclat doux, ses lèvres souriaient, son visage resplendissait d'une joie ineffable. Emu et émerveillé, il s'approcha sur la pointe des pieds, se pencha sur elle avec dévotion et ne comprit pas pourquoi elle l'écartait d'un mouvement impatient. Voilà ce qui s'était passé.

Huit jours auparavant, dans le tournant de l'avenue Junot, Sabine rencontrait un garçon de vingt-cinq ans qui avait les yeux noirs. Lui barrant délibérément le passage, il avait dit : « Madame » et Sabine, le menton haut et l'œil terrible : « Mais, Monsieur. » Si bien qu'une semaine plus tard, en cette fin de soirée d'avril, elle se trouvait à la fois chez elle et chez ce garçon aux yeux noirs, qui s'appelait authentiquement Théorème et se prétendait artiste peintre. Dans le même instant où elle rabrouait son mari et le renvoyait à ses bordereaux, Théorème, en son atelier de la rue du Chevalier-de-la-Barre, prenait les mains de la jeune femme, et lui disait : « Mon cœur, mes ailes, mon âme! » et d'autres choses jolies qui viennent facilement aux lèvres d'un amant dans les premiers temps de la tendresse. Sabine s'était promis de se rassembler à dix heures du soir au plus tard, sans avoir consenti aucun sacrifice important, mais à minuit, elle était encore chez Théorème et ses scrupules ne pouvaient plus être que des remords. Le lendemain, elle ne se rassembla qu'à deux heures du matin, et les jours suivants, plus tard encore.

Chaque soir, Antoine Lemurier pouvait admirer sur le visage de sa femme le même reflet d'une joie si belle qu'elle semblait n'être plus de la terre. Un jour qu'il échangeait des confidences avec un collègue de son bureau, il se laissa aller à lui dire dans une minute d'émotion : « Si vous pouviez la voir quand nous veillons, le soir, dans la salle à manger : on croirait qu'elle parle avec les anges. »

Durant quatre mois, Sabine continua à parler avec les anges. Les vacances qu'elle passa cette année-là devaient être les plus belles de sa vie. Elle fut en même temps sur un lac d'Auvergne avec Lemurier et sur une petite plage bretonne avec Théorème. « Je ne t'ai jamais vue aussi belle, lui disait son mari. Tes yeux sont émouvants comme le lac à sept heures trente du matin. » A quoi répondait Sabine par un sourire adorable qui semblait dédié au génie invisible de la montagne. Cependant, sur le sable de la petite plage bretonne, elle se bronzait au soleil en compagnie de Théorème, et ils étaient presque nus. Le garçon aux yeux noirs ne disait rien, comme abîmé dans un sentiment profond que de simples paroles n'auraient su exprimer, en réalité parce qu'il se lassait déjà de redire toujours les mêmes choses. Tandis que la jeune femme s'émerveillait de ce silence et de tout ce qu'il paraissait receler d'indicible passion, Théorème, engourdi dans un bonheur animal, attendait tranquillement les heures de repas en songeant avec satisfaction que ses vacances ne lui coûtaient pas un sou. Sabine avait en effet vendu quelques bijoux de jeune fille et supplié son compagnon de vouloir bien accepter qu'elle fît les frais de leur séjour en Bretagne. Un peu étonné qu'elle prît tant de précautions pour lui faire admettre une chose qui semblait aller de soi, Théorème avait accepté de la meilleure grâce du monde. Il ne pensait pas qu'un artiste dût en aucun cas sacrifier à de sots préjugés, et lui moins que les autres. « Je ne me reconnais pas le droit, disait-il, de laisser parler mes scrupules s'ils doivent m'empêcher de réaliser l'œuvre d'un Gréco ou d'un Vélasquez. » Vivant d'une maigre pension que lui faisait un oncle de Limoges, Théorème ne comptait pas sur la peinture pour se tirer d'affaire. Une conception de l'art, hautaine et intransigeante, lui interdisait de peindre sans y être poussé par l'inspiration. « Quand je devrais l'attendre dix ans, disait-il, je l'attendrais. » C'était à peu près ce qu'il faisait. Le plus ordinairement, il travaillait à enrichir sa sensibilité dans les cafés de Montmartre ou bien affinait son sens critique en regardant peindre ses amis, et quand ceux-ci l'interrogeaient sur sa propre peinture, il avait une façon soucieuse de répondre : « Je me cherche », qui commandait le respect. En outre, les gros sabots et le vaste pantalon de velours, qui faisaient partie de sa tenue d'hiver, lui avaient acquis, entre la rue Caulaincourt, la place du Tertre et la rue des Abbesses, une réputation de très bel artiste. Les plus malveillants convenaient encore qu'il avait un potentiel formidable.

Un matin des derniers jours de vacances, les deux amants achevaient de s'habiller dans leur chambre d'auberge aux meubles bretons. A cinq ou six cents kilomètres de là, en Auvergne, les époux Lemurier étaient déjà levés depuis trois heures et, à son mari qui ramait sur le lac en lui vantant les beautés du site, Sabine répondait de loin en loin par monosyllabes. Mais dans la chambre bretonne, elle chantait en face de la mer. Elle chantait : *Mes amours ont de fins doigts blancs. Le corps et l'âme à l'advenant.* Théorème prenait son portefeuille sur la cheminée et, avant de le glisser dans la poche fessière de son chorte, en extrayait une photo.

— Tiens, regarde, j'ai retrouvé une photo. C'est moi, cet hiver, près du moulin de la Galette.

— Oh! mon amour, dit Sabine, et il lui vint aux yeux une rosée de ferveur et de fierté.

Sur la photo, Théorème était en tenue d'hiver et, en considérant ses sabots et son vaste pantalon de velours si joliment pincé aux chevilles, Sabine vit bien qu'il avait un grand génie. Elle sentit un remords la pincer au cœur et se reprocha d'avoir injurieusement caché un secret à ce cher garçon qui était à la fois un amant si tendre et une si belle nature d'artiste.

— Tu es beau, lui dit-elle, tu es grand! Ces sabots! Ce pantalon de velours! Cette casquette en peau de lapin! Oh! mon chéri, tu es un artiste si pur, si compréhensif, et moi, qui ai eu la chance de te rencontrer, mon cœur, mon bien-aimé, mon doux trésor, je t'ai caché mon secret.

— Qu'est-ce que tu racontes?

— Chéri, je vais te dire une chose que je m'étais

juré de ne confier à personne : j'ai le don d'ubiquité.

Théorème se mit à rire, mais Sabine lui dit :

— Regarde.

En même temps, elle se multipliait par neuf et Théorème sentit un moment sa raison vaciller en voyant évoluer autour de lui neuf Sabines toutes pareilles.

— Tu n'es pas fâché? demanda l'une d'elles avec une anxieuse timidité.

— Mais non, répondit Théorème. Au contraire.

Il eut un sourire heureux, comme de gratitude, et Sabine, rassurée, le baisa de ses neuf bouches avec emportement.

Au début d'octobre, environ un mois après leur retour de vacances, Lemurier observa que sa femme ne parlait presque plus avec les anges. Il la voyait soucieuse, mélancolique.

— Je te trouve moins gaie, lui dit-il un soir. Tu ne sors peut-être pas assez. Demain, si tu veux, nous irons au cinéma.

Dans le même instant, Théorème arpentait son atelier en clamant :

— Est-ce que je sais, moi, où tu peux être en ce moment? Est-ce que je sais si tu n'es pas à Javel ou à Montparnasse, dans les bras d'un truand? ou à Lyon dans les bras d'un soyeux? ou à Narbonne dans la couche d'un vinassier? ou en Perse dans celle du schah?

— Je te jure, mon chéri.

— Tu me jures, tu me jures!... Et si tu étais dans les bras de vingt autres hommes, tu jurerais aussi, hein? C'est à devenir fou! Ma tête s'en va. Je suis prêt à faire n'importe quoi : un malheur!

En parlant de malheur, il levait les yeux sur un

yatagan qu'il avait acheté l'année précédente à la foire aux puces. Pour lui éviter de commettre un crime, Sabine, s'étant multipliée par douze, se tint prête à lui interdire l'accès au yatagan. Théorème s'apaisa. Sabine se rassembla.

— Je suis si malheureux, geignait le peintre. Ces souffrances qui viennent s'ajouter à des soucis déjà si lourds!

Il faisait allusion à des soucis d'ordre matériel et spirituel. A l'en croire, il se trouvait dans une situation difficile. Son propriétaire, auquel il devait trois termes, le menaçait d'une saisie. Son oncle de Limoges venait de suspendre brutalement ses mensualités. Pour le spirituel, il passait par une crise douloureuse, quoique féconde en promesses. Il sentait bouillonner et s'ordonner en lui les puissances créatrices de son génie et le défaut d'argent l'empêchait justement de se réaliser. Allez donc peindre un chef-d'œuvre quand l'huissier et la famine sont déjà dans l'escalier. Sabine, frémissante d'une affreuse angoisse, en avait le cœur à la gorge. La semaine précédente, elle avait vendu ses derniers bijoux pour régler une dette d'honneur contractée par Théorème envers un bougnat de la rue Norvins, et se désespérait aujourd'hui de n'avoir plus rien à sacrifier à l'essor de son talent. En réalité, la situation de Théorème n'était ni pire, ni meilleure qu'à l'ordinaire. L'oncle de Limoges, comme par le passé, se saignait affectueusement aux quatre veines pour que son neveu devînt un grand peintre et le propriétaire, pensant naïvement spéculer sur la pauvreté d'un artiste d'avenir, acceptait toujours aussi volontiers que son locataire le payât d'un navet hâtivement bâclé. Mais Théorème, outre le plaisir de jouer au poète maudit et au héros de la bohème, espérait confusément que le sombre tableau de sa détresse inspirerait à la jeune femme les résolutions les plus audacieuses.

Cette nuit-là, craignant de le laisser seul avec ses soucis, Sabine resta chez son amant et ne se rassembla pas au domicile de la rue de l'Abreuvoir. Le lendemain, elle s'éveilla auprès de lui avec un sourire frais et heureux.

— Je viens de rêver, dit-elle. Nous tenions une petite épicerie rue Saint-Rustique, avec à peine deux mètres de façade. Nous n'avions qu'un client, un écolier qui venait nous acheter du sucre d'orge et du roudoudou. Moi, j'avais un tablier bleu avec de grandes poches. Toi, tu avais une blouse d'épicier. Le soir, dans l'arrière-boutique, tu écrivais sur un grand livre : Recettes de la journée : six sous de roudoudou. Quand je me suis éveillée, tu étais en train de me dire : « Pour que nos affaires marchent parfaitement, il nous faudrait un autre client. Je le vois avec une petite barbe blanche... » J'allais t'objecter qu'avec un autre client, on ne saurait plus où donner de la tête, mais je n'ai pas eu le temps. Je m'éveillais.

— En somme, dit Théorème (et il eut un ricanement nasal très amer, et amer aussi, le rictus). En somme, dit-il (et, mortifié, vexé jusqu'à l'ulcère, le sang de la colère lui montait aux oreilles et, déjà, dardaient ses yeux noirs). En somme, dit Théorème, en somme, ton ambition serait de faire de moi un épicier?

— Mais non. C'est un rêve que je te raconte.

— C'est bien ce que je te disais. Tu rêves de me voir épicier. Avec une blouse.

— Oh! chéri, protesta tendrement Sabine. Si tu t'étais vu! Elle t'allait si bien, ta blouse d'épicier!

L'indignation fit jaillir Théorème hors du lit et crier qu'il était trahi. Ce n'était pas assez que le propriétaire le mît à la rue, que l'oncle de Limoges lui refusât le droit de manger, au moment même où il avait quelque chose là qui allait éclore. Cette œuvre grandiose, mais fragile, qu'il portait en lui, il fallait aussi que la femme qu'il avait le plus aimée la tournât en dérision et rêvât de la faire avorter. Lui-même, elle le vouait à l'épicerie. Pourquoi pas à l'Académie? Théorème, déambulant en pyjama dans son atelier, s'écriait d'une voix rauque, qui est celle de la douleur, et plusieurs fois il fit le geste de s'arracher le cœur pour le distribuer à son propriétaire, à son oncle de Limoges et à celle qu'il aimait. Sabine, déchirée, découvrait en tremblant à quelles profondeurs peuvent atteindre les souffrances d'un artiste et prenait conscience de sa propre indignité.

En rentrant chez lui, à midi, Lemurier trouva sa femme dans un grand désarroi. Elle avait même oublié de se rassembler, et lorsqu'il pénétra dans la cuisine, elle s'offrit à sa vue en quatre personnes distinctes, occupées à des besognes diverses, mais les yeux pareillement embués de mélancolie. Il en fut extrêmement contrarié.

— Allons, bon! dit-il. Voilà que mon insuffisance hypophysaire fait encore des siennes. Il va falloir que je reprenne mon traitement.

Le malaise s'étant dissipé, il s'inquiéta de cette pernicieuse tristesse où il voyait Sabine se perdre chaque jour plus profondément.

— Binette (tel était le diminutif que d'excellents sentiments avaient poussé cet homme bon et tendre à choisir pour une jeune et adorée femme), dit-il, je ne peux plus supporter de te voir ainsi déprimée. Je finirai par en être malade moi-même. Dans la rue ou à mon bureau, en pensant à tes yeux tristes, le cœur me fond à l'improviste, et il m'arrive de pleurer sur mon buvard. Il se forme alors sur les verres de mes lunettes une buée que je suis obligé d'essuyer, et l'opération représente une perte de temps très appréciable, sans compter le mauvais effet que peut produire la vue de ces larmes, tant sur mes supérieurs que sur mes inférieurs. Enfin, je dirai même et surtout, cette tristesse qui emplit tes yeux clairs d'un charme, certes, indéfinissable, je n'en disconviens pas, mais douloureux, cette tristesse, j'en déplore l'inévitable retentissement sur ta santé, et j'entends te voir réagir avec vigueur et célérité contre un état d'esprit que j'estime dangereux. Ce matin, M. Porteur, notre fondé de pouvoir, un homme charmant d'ailleurs, d'une éducation parfaite et d'une compétence dont la louange n'est plus à faire, M. Porteur a eu la délicate attention de me donner une carte de pesage pour Longchamp, car son beau-frère, qui est paraît-il une personnalité très parisienne, a une grosse situation dans les courses. Comme tu as justement besoin de distractions...

Cet après-midi-là, pour la première fois de sa vie, Sabine s'en fut aux courses de Longchamp. Ayant acheté un journal en route, elle avait rêvé sur le nom d'un cheval qui s'appelait Théocrate VI et présentait, avec son cher Théorème, une parenté onomastique imposant l'idée d'un présage favorable. Vêtue d'un manteau bleu en pataraz garni de chasoub, Sabine portait un chapeau tonkinois avec demi-voilette en abat-jour, et il y avait bien des hommes qui la regardaient. Les premières courses la laissèrent à peu près indifférente. Elle songeait à son peintre bien-aimé en proie aux tourments de l'inspiration contrariée, et se représentait vivement la fulgurance de ses yeux noirs tandis qu'il œuvrait dans son atelier en s'épuisant à lutter contre les assauts d'une réalité sordide. Le désir lui vint de se dédoubler et de se transporter instantanément rue du Chevalier-de-la-Barre pour imposer ses mains fraîches sur le front brûlant de l'artiste, comme il est d'usage entre amants dans les situations angoisseuses. La crainte de le troubler dans l'effort de sa recherche l'empêcha d'y donner suite et bien mieux valut, car Théorème, au lieu d'être à son atelier, buvait un verre d'aramon sur un zinc de la rue Caulaincourt et se demandait s'il n'était pas un peu tard pour aller au cinéma.

Enfin, les chevaux s'alignèrent pour le départ du Grand Prix du ministre de l'Enregistrement, et Sabine se mit à couver du regard le cheval Théocrate VI. Elle avait misé sur lui environ cent cinquante francs qui étaient toutes ses économies du moment, et comptait réaliser des gains suffisants pour apaiser le propriétaire de Théorème. Le jockey qui montait Théocrate VI portait une émouvante casaque partie de blanc et de vert, un vert tendre, délicat, léger, frêle et frais, comme pourrait l'être celui d'une laitue s'il en poussait au paradis. Le cheval lui-même était d'un noir d'ébène. Dès le départ, il prit la tête du peloton et s'en détacha de trois longueurs. Un pareil départ, de l'avis des turfistes, ne saurait faire présumer du résultat de la course, mais Sabine, déjà certaine du triomphe et soulevée par l'enthousiasme, se dressa en pied et cria : « Théocrate! Théocrate! » Autour d'elle, il y eut des sourires et des ricanements. Assis à sa droite, un vieillard ganté, distingué, monoclé, la regardait du coin de l'œil avec sympathie, ému par son ingénuité. Dans l'ivresse de la victoire, Sabine en vint à crier : « Théorème! Thérème! » Les voisins s'amusaient bruyamment de ces démonstrations et en oubliaient presque la course. Elle finit par s'en aviser et, prenant conscience de l'étrangeté de son attitude, devint rouge de confusion. Ce que voyant, le vieux monsieur ganté, distingué et monoclé, se leva en criant du plus fort qu'il put : « Théocrate! Théocrate! » Les rires se turent aussitôt et, par les chuchotements des voisins, Sabine apprit que ce galant homme n'était autre que lord Burbury.

Cependant, Théocrate VI avait perdu son avance et finissait dans les choux. Voyant ses espoirs s'effondrer, Théorème condamné à la misère et, en tant qu'artiste, à l'impuissance, Sabine poussa d'abord un soupir et eut ensuite un sanglot sec. Enfin, ses narines ayant frémi et soubresauté, il lui vint aux yeux une humidité. Lord Burbury eut grande compassion. Après échange de quelques propos, il lui demanda si elle ne voudrait pas devenir sa femme, car il avait un revenu annuel de deux cent mille livres sterling. Au même instant, Sabine eut une vision, celle de Théorème expirant sur un grabat d'hôpital et maudissant le nom du Seigneur et celui de son propriétaire. Pour l'amour de son amant et peut-être de la peinture, elle répondit au vieil homme qu'elle acceptait de devenir sa femme, l'informant toutefois qu'elle ne possédait rien, pas même un nom, mais seulement un prénom, et encore des plus ordinaires : Marie. Lord Burbury trouva cette singularité des plus piquantes et se réjouit de l'effet qu'elle produirait sur sa sœur Emily, vierge d'un certain âge, qui avait voué son existence au maintien des traditions honorables dans les familles historiques du royaume. Sans attendre la fin de la dernière course, il partit en voiture avec sa fiancée pour l'aérodrome du Bourget. A six heures, ils arrivaient à Londres, et à sept heures, ils étaient mariés.

Pendant qu'elle se mariait à Londres, Sabine dînait rue de l'Abreuvoir en face de son mari, Antoine Lemurier. Il trouvait qu'elle avait déjà meilleure mine et lui parlait avec bonté. Touchée de cette sollicitude, elle fut prise de scrupules, se demandant si elle pouvait épouser lord Burbury sans contrevenir aux lois humaines et divines. Question épineuse qui en impliquait une autre, celle de la consubstantialité de l'épouse d'Antoine et de celle du lord. En admettant même que chacune d'elles fût une personne physique autonome, il restait que le mariage, s'il se consomme sous des espèces charnelles, est d'abord une union des âmes. En fait, ces scrupules étaient excessifs. La législation du mariage ayant omis de considérer le cas d'ubiquité, Sabine était libre d'agir à sa volonté et pouvait même, de bonne foi, se croire en règle avec Dieu, puisqu'il n'est bulle, bref, rescrit ou décrétale, qui ait seulement effleuré le problème. Mais elle avait la conscience trop haute pour prendre avantage de ces raisons d'avocat. Aussi crut-elle devoir considérer son mariage avec lord Burbury comme une conséquence et un prolongement de l'adultère, lequel ne se justifiait en rien et restait parfaitement damnable. En réparation, à Dieu, à la société et à son époux qu'elle offensait ainsi tous les trois, elle s'interdit de revoir jamais Théorème. Du reste, elle aurait eu honte de reparaître devant lui après consommation d'un mariage alimentaire consenti, certes, pour sa gloire et pour son repos, mais qu'elle regardait avec une candeur honorable comme une flétrissure à leur amour.

Il faut le dire, les débuts de son existence en Angleterre rendirent supportables les remords de Sabine et même la douleur de l'absence. Lord Burbury était vraiment un personnage considérable. Outre qu'il etait très riche, il descendait en ligne directe de Jean sans Terre, lequel, circonstance peu connue des historiens, avait contracté un mariage morganatique avec Ermessinde de Trencavel et en avait eu dix-sept enfants, tous morts en bas âge, à l'exception du quatorzième, Richard-Hugues, fondateur de la maison de Burbury. Entre autres privilèges enviés par toute la noblesse anglaise, lord Burbury avait celui, exclusif, d'ouvrir son parapluie dans les appartements du roi, et sa femme une ombrelle. Aussi, son mariage avec Sabine fut-il un événement considérable. La nouvelle lady fut l'objet d'une curiosité généralement bienveillante, quoique sa belle-sœur essayât de faire courir le bruit qu'elle était naguère danseuse à Tabarin. Sabine qui, en Angleterre, s'appelait Marie, était très prise par ses obligations de grande dame. Réceptions, thés, tricots de charité, golf, essayages, ne lui laissaient pas un moment pour bâiller. Toutefois, ces occupations variées ne lui faisaient pas oublier Théorème.

Le peintre n'eut aucun doute sur la provenance des chèques qu'il recevait régulièrement d'Angleterre, et s'accommoda parfaitement de ne plus voir Sabine dans son atelier. Délivré de ses préoccupations matérielles par des mensualités qui s'élevaient à une vingtaine de mille francs, il s'aperçut qu'il traversait une période d'hypersensibilité peu favorable à l'accomplissement de son œuvre, et qu'il avait besoin de se décanter. En conséquence, il s'accorda une année de repos, quitte à la prolonger si le besoin lui en apparaissait. On le vit de plus en plus rarement à Montmartre. Il se décantait dans les bars de Montparnasse et les boîtes des Champs-Elysées où il vivait de caviar et de champagne avec des filles coûteuses. Ayant appris qu'il menait une vie plutôt désordonnée, Sabine, avec une ferveur intacte, songea qu'il poursuivait quelque formule d'art goyesque mariant les jeux de la lumière et les impures sous-jacences du masque féminin.

Un après-midi qu'elle rentrait de son château de Burbury où elle avait passé trois semaines, lady Burbury, en pénétrant dans sa somptueuse demeure de Malison Square, trouva quatre cartons contenant respectivement : une robe du soir en éléas, une robe d'après-midi en crêpe romain, une robe de sport en lainage et un tailleur classique en sparadra. Ayant éloigné sa femme de cham bre, elle se multiplia par cinq pour essayer robes et tailleur. Lord Burbury entra par mégarde.

— Chère! s'écria-t-il, mais vous avez quatre sœurs ravissantes. Et vous ne le disiez pas!

Au lieu de se rassembler, lady Burbury se troubla et crut devoir répondre :

— Elles viennent d'arriver. Alphonsine est mon aînée d'un an. Brigitte est ma sœur jumelle. Barbe et Rosalie sont mes deux cadettes, également jumelles. On dit qu'elles me ressemblent beaucoup.

Les quatre sœurs furent bien accueillies dans la haute société et partout fêtées. Alphonsine épousa un milliardaire américain, roi du cuir embouti, et traversa l'Atlantique avec lui; Brigitte, le maharajah de Gorisapour qui l'emmena dans sa résidence princière; Barbe, un illustre ténor napolitain qu'elle accompagna dans ses tournées à travers le monde; Rosalie, un explorateur espagnol qui s'en fut avec elle en Nouvelle-Guinée observer les mœurs curieuses des Papous.

Ces quatre mariages, célébrés presque simultanément, firent beaucoup de bruit en Angleterre et même sur le continent. A Paris, les journaux en parlèrent avec intérêt et donnèrent des photos. Un soir, dans la salle à manger de la rue de l'Abreuvoir, Antoine Lemurier dit à Sabine :

— Tu as vu les photos de lady Burbury et de ses quatre sœurs? C'est étonnant ce qu'elles peuvent te ressembler, sauf que toi, tu as les yeux plus clairs, le visage plus allongé, la bouche moins grande, le nez plus court, le menton moins fort. Demain, j'emporterai le journal avec ta vraie photo pour les montrer à M. Porteur. Il ne va pas en revenir.

Antoine se mit à rire, parce qu'il était content d'étonner M. Porteur, le fondé de pouvoir de la S.B.N.C.A.

— Je ris en pensant à la tête de M. Porteur, expliqua-t-il. Pauvre M. Porteur! A propos, il m'a encore donné une carte de pesage mercredi. Qu'est-ce qu'il faut faire, à ton avis?

— Je ne sais pas, répondit Sabine. C'est très délicat.

La mine soucieuse, elle se demandait s'il convenait à Lemurier d'envoyer ou non des fleurs à Mme Porteur, la femme de son supérieur hiérarchique. Et dans le même instant, lady Burbury, assise à une table de bridge en face du comte de Leicester; la bégum de Gorisapour, étendue dans son palanquin porté à dos d'éléphant; Mrs. Smithson, occupée dans l'Etat de Pennsylvanie à faire les honneurs de son château Renaissance synthétique; Barbe Cazzarini dans une loge de l'Opéra de Vienne où ténorisait son illustrissime; Rosalie Valdez y Samaniego, couchée sous la moustiquaire, dans une hutte d'un village de Papouasie, toutes étaient pareillement absorbées et s'interrogeaient sur l'opportunité d'offrir des fleurs à Mme Porteur.

Théorème, informé par les journaux de ces festivités nuptiales, n'avait eu aucune hésitation en voyant les photos qui en illustraient les reportages et ne doutait pas que toutes ces mariées fussent de nouvelles incarnations de Sabine. Sauf celui de l'explorateur, qui lui paraissait exercer un métier peu lucratif, il trouvait le choix des époux tout à fait judicieux. Ce fut vers cette époque qu'il sentit le besoin de revenir à Montmartre. Le climat pluvieux de Montparnasse et l'aridité bruyante des Champs-Elysées le lassaient. En outre, les mensualités de lady Burbury lui donnaient plus de relief dans les cafés de la Butte que dans des établissements étrangers. Du reste, il ne changea rien à son genre de vie et ne tarda pas à se faire à Montmartre une réputation de noctambule tapageur, buveur et partousier. Ses amis s'amusaient au récit de ses frasques et, un peu envieux de sa nouvelle opulence dont ils profitaient pourtant, répétaient avec satisfaction qu'il était perdu pour la peinture. Ils prenaient la peine d'ajouter que c'était dommage, vu qu'il avait un authentique tempérament d'artiste. Sabine eut connaissance de la mauvaise conduite de Théorème et comprit qu'il était engagé sur une pente fatale. Sa foi en lui et en ses destins s'en trouva ébranlée, mais elle ne l'en aima que plus tendrement et s'accusa d'être à l'origine de sa déchéance. Pendant près d'une semaine elle se tordit les mains aux quatre coins du monde. Un soir, à minuit, qu'elle revenait du cinéma en compagnie de son mari, elle vit, au carrefour Junot-Girardon, Théorème accroché aux bras de deux filles éméchées et hilares. Lui-même, saoul perdu, vomissait un vin noir et éructait d'ignobles injures à l'adresse des deux créatures dont l'une lui tenait la tête en l'appelant familièrement mon cochon, tandis que l'autre, en termes de corps de garde, évaluait badinement ses moyens d'amoureux. Ayant reconnu Sabine, il tourna vers elle son visage souillé, hoqueta le nom de Burbury qu'il fit suivre d'un bref, mais révoltant commentaire, et s'effondra au pied d'un bec électrique. A dater de cette rencontre, il ne fut plus pour elle qu'un objet de haine et de dégoût, qu'elle se promit d'oublier.

Quinze jours plus tard, lady Burbury qui résidait en compagnie de son époux dans leur domaine de Burbury, s'éprenait d'un jeune pasteur des environs, venu déjeuner au château. Il n'avait pas les yeux noirs, mais bleu pâle, non plus la bouche voluptueuse, mais pincée, avalée, et l'air propre, rincé, la conscience froide et récurée des gens résolus à mépriser ce qu'ils ignorent. Dès le premier déjeuner, lady Burbury fut éperdument amoureuse. Le soir, elle dit à son mari :

— Je ne vous l'avais pas dit, mais j'ai encore une sœur. Elle s'appelle Judith.

La semaine suivante, Judith vint au château où elle déjeuna en compagnie du pasteur qui se montra poli, mais distant, comme il convenait à l'égard d'une catholique, réceptacle et véhicule de mauvaises pensées. Après déjeuner, ils firent ensemble un tour de parc et Judith, avec à-propos et comme par hasard, cita le Livre de Job, les Nombres et le Deutéronome. Le révérend comprit que le terrain était bon. Huit jours plus tard, il eut converti Judith, quinze autres plus tard, épousée. Leur bonheur fut bref. Le pasteur n'avait que des conversations édifiantes, et jusque sur l'oreiller, il prononçait des paroles révélant une grande élévation de pensée. Judith s'ennuyait si fort en sa compagnie qu'elle profita d'une promenade qu'ils faisaient ensemble sur un lac d'Ecosse pour se noyer accidentellement. En réalité, elle se laissa couler en retenant sa respiration et, dès qu'elle eut disparu au regard de son époux, opéra un rassemblement partiel dans le sein de lady Burbury. Le révérend eut un chagrin affreux, remercia néanmoins le Seigneur de lui avoir envoyé cette épreuve et fit élever dans son jardin une petite stèle *in memoriam.*

Cependant, Théorème s'inquiétait de ne pas recevoir l'argent de sa dernière mensualité. Croyant d'abord à un simple retard, il s'efforça de prendre patience, mais après avoir vécu sur son crédit pendant plus d'un mois, il se résolut à entretenir Sabine de ses ennuis. Trois matins de suite, il se posta vainement rue de l'Abreuvoir pour la surprendre et la rencontra par hasard un soir à six heures.

— Sabine, lui dit-il, je te cherchais depuis trois jours.

— Mais, monsieur, je ne vous connais pas, répondit Sabine.

Elle voulut passer son chemin. Théorème lui mit la main à l'épaule.

— Voyons, Sabine, quelle raison as-tu d'être fâchée contre moi? J'ai fait ce que tu as voulu. Un beau jour, tu as décidé de ne plus venir chez moi et j'ai souffert en silence, sans même te demander pourquoi tu renonçais à nos rencontres.

— Monsieur, je ne comprends rien à ce que vous dites, mais votre tutoiement et vos allusions incompréhensibles sont injurieuses pour moi. Laissez-moi passer.

— Sabine, tu ne peux pas avoir tout oublié. Souviens-toi.

N'osant encore aborder la question des subsides, Théorème s'efforçait de recréer une apparence d'intimité. Pathétique, il évoquait des souvenirs émouvants et retraçait l'histoire de leurs amours. Mais Sabine le regardait avec des yeux étonnés, un peu effrayés et protestait avec moins d'indignation que de stupeur. Le garçon s'entêtait.

— Enfin, rappelle-toi cet été, ces vacances que nous avons passées ensemble en Bretagne, notre chambre sur la mer.

— Cet été? Mais j'ai passé mes vacances avec mon mari en Auvergne!

— Naturellement! si tu te retranches derrière des faits!

— Comment! si je me retranche derrière des faits! Vous vous moquez de moi ou bien vous perdez la raison. Laissez-moi passer ou j'appelle!

Théorème, irrité par une mauvaise foi aussi patente, la saisit par les bras et se mit à la secouer en jurant nom de Dieu. Sabine aperçut alors son mari qui passait de l'autre côté de la rue sans les voir et l'appela par son prénom. Il vint à elle et, sans comprendre la situation, salua Théorème.

— Ce monsieur que je vois pour la première fois de ma vie, expliqua Sabine, m'a arrêtée dans la rue. Et, non content de me tutoyer, il me traite comme si j'avais été sa maîtresse, en m'appelant chérie et en évoquant de prétendus souvenirs de ce qu'auraient été nos amours passées.

— Qu'est-ce à dire, monsieur? interrogea, hautain, Antoine Lemurier. Dois-je conclure que vous avez voulu vous livrer à de tortueuses et inqualifiables manœuvres? Quoi qu'il en soit, vous ne me persuaderez pas qu'elles sont d'un galant homme, je vous avertis.

— C'est bon, grommela Théorème, je ne veux pas abuser de la situation.

— Abusez, monsieur, ne vous gênez pas, lui dit

Sabine en riant. Et se tournant vers Antoine : entre autres souvenirs de nos amours supposées, monsieur évoquait tout à l'heure celui d'un séjour de trois semaines qu'il aurait fait avec moi l'été dernier sur une plage bretonne. Qu'en dis-tu?

— Mettons que je n'aie rien dit, ragea Théorème.

— Vous n'avez certainement rien de mieux à faire, approuva l'époux. Sachez, monsieur, que ma femme et moi nous ne nous sommes pas quittés de tout l'été et que nous avons passé nos vacances...

— Sur un lac d'Auvergne, coupa Théorème. C'est entendu.

— Comment le savez-vous? demanda ingénument Sabine.

— Mon petit doigt, un jour qu'il était en caleçon de bain sur une plage bretonne.

Cette réponse parut laisser la jeune femme pensive. Le peintre la regardait avec des yeux très noirs. Elle sourit et interrrogea :

— En somme, si j'ai bien compris, vous prétendez que je me trouvais en même temps sur un lac d'Auvergne avec mon mari et sur une plage bretonne avec vous?

Théorème cligna un œil et fit signe que oui. Son cas devint clair pour Antoine Lemurier qui se tint prêt à lui décocher un coup de pied dans le ventre.

— Monsieur, dit néanmoins cet homme bon, je suppose que vous n'êtes pas seul dans la vie. Sans doute avez-vous quelqu'un qui s'occupe de vous : un ami, une femme, des parents. Si vous habitez le quartier, je peux vous reconduire chez vous.

— Vous ne savez donc pas qui je suis? s'étonna le peintre.

— Excusez-moi.

— Je suis Vercingétorix. Pour mon retour, ne vous inquiétez pas. Je vais prendre le métro à Lamarck et j'arriverai à Alésia pour dîner. Allons, bonsoir, et rentrez vite caresser votre bourgeoise.

Théorème, en prononçant ces derniers mots, toisa Sabine avec toute l'insolence possible et s'éloigna en faisant entendre plusieurs ricanements atroces. Le pauvre garçon ne se dissimulait pas qu'il était fou et s'étonnait de n'en avoir pas eu la révélation plus tôt. La preuve de sa folie était facile à faire. Si les vacances bretonnes et l'ubiquité de Sabine n'avaient jamais eu de réalité que dans son esprit, c'était bien là l'illusion d'un fou. Supposé au contraire que tout fût vrai, Théorème se trouvait dans la situation d'un homme qui peut témoigner d'une vérité absurde, ce qui est le propre des aliénés mentaux. La certitude de sa démence affecta le peintre très profondément. Il devint sombre, renfermé, soupçonneux, évitant ses amis et décourageant leurs avances. Il fuyait pareillement la société des filles, ne fréquentait plus les cafés de la Butte et restait confiné dans son atelier à méditer sur sa folie. A moins de perdre la mémoire, il ne voyait pas qu'il pût guérir un jour. La solitude eut ce résultat heureux de le ramener à la peinture. Il se mit à peindre avec un acharnement farouche, une violence souvent démentielle. Son très beau génie, qu'il éparpillait autrefois dans les cafés, dans les bars et dans les alcôves, se mit à briller, puis à resplendir, puis à fulgurer. Après six mois d'efforts, de recherches passionnées, il se fut pleinement réalisé et ne peignit plus que des chefs-d'œuvre, presque tous immortels. Citons entre autres sa fameuse *Femme à neuf têtes* qui a déjà fait tant de bruit, et son si pur et pourtant si troublant *Fauteuil Voltaire*. Son oncle de Limoges était bien content.

Cependant, lady Burbury grossissait des œuvres du pasteur. Hâtons-nous de le dire, il n'y avait rien dans la conduite de l'un ni de l'autre qui eût été contraire à l'honneur, mais Judith, en se repliant dans le sein de sa sœur, y avait porté le fruit, encore à l'état de promesse, de son union avec le révérend. Lady Burbury accoucha, non sans une petite gêne morale, d'un garçon bien constitué que le pasteur baptisa avec indifférence. L'enfant fut prénommé Antony, et il n'y a rien d'autre à en dire. Vers le même temps, la begum de Gorisapour mit au monde deux jumeaux ne devant rien qu'au maharajah lui-même. Il y eut de grandes réjouissances et, le peuple, comme c'est l'usage là-bas, offrit aux nouveau-nés leur pesant d'or fin. De leur côté, Barbe Cazzarini et Rosalie Valdez y Samaniego devinrent mères, l'une d'un garçon, l'autre d'une fille. Il y eut des réjouissances aussi.

Mrs. Smithson, l'épouse du milliardaire, ne suivit pas l'exemple de ses sœurs et tomba malade assez gravement. Pendant sa convalescence, qu'elle passa en Californie, elle se mit à lire de ces dangereux romans qui vous montrent sous un jour trop charmant les couples infâmes abîmés dans le péché, et où les auteurs ne craignent même pas de nous décrire — avec une damnable complaisance, mais aussi, hélas! avec quelles paroles flatteuses, quel art de colorer l'horrible vérité, de rendre aimables les plus révoltantes situations, d'en nimber et transfigurer les acteurs, tout en nous amenant démoniaquement à nous faire oublier, sinon approuver (cela s'est vu) le caractère véritable de ces odieuses pratiques — ne craignent donc même pas de nous décrire les plaisirs de l'amour et les recherches de la volupté. Il n'y a rien de plus mauvais que ces livres-là. Mrs. Smithson eut la faiblesse de s'y laisser prendre. Elle commença par soupirer et en vint à raisonner. « J'ai, se dit-elle, cinq maris, et j'en ai eu jusqu'à six à la fois. Je n'ai eu qu'un amant, et il m'a donné plus de joies en six mois qu'en un an tous mes époux ensemble. Encore était-il indigne de mon amour. Je l'ai abandonné par un scrupule de conscience. (Ici soupirait Mrs. Smithson et laissait courir sous le pouce les pages de son roman.) Les amants de *L'Amour m'éveille* ne savent pas ce que c'est que d'avoir des scrupules. Et ils sont heureux comme des bœufs (elle voulait dire comme des dieux). Mes scrupules, à moi, sont injustifiables, car en quoi consiste le péché d'adultère? A faire hommage à autrui de ce qui n'est dû qu'à un seul. Mais moi, rien ne m'empêche d'avoir un amant et de me garder intacte à Smithson. »

Ces réflexions ne devaient pas tarder à porter des fruits. Le pire était qu'elle ne fût pas seule à les faire, et que le poison s'insinuât en même temps, selon les lois de l'ubiquité, dans l'esprit de ses sœurs. Aux derniers jours de sa convalescence sur la plage californienne de Dorado, Mrs. Smithson alla un soir au concert. On jouait la *Sonate au clair de lune* en jazz-hot. Le charme de Beethoven et de sa musique endiablée agit sur son imagination de telle sorte qu'elle devint amoureuse du joueur de batterie, lequel embarquait le surlendemain pour les Philippines. Quinze jours plus tard, elle dépêchait un double à Manille, cueillait le musicien à son arrivée et s'en faisait aimer. Dans le même temps, lady Burbury s'éprenait d'un chasseur de panthères au seul vu de sa photo dans un magazine et lui déléguait un double à Java. La femme du ténor, en quittant Stockholm, y laissa un double pour faire la connaissance d'un jeune choriste qu'elle avait remarqué à l'Opéra, tandis que Rosalie Valdez y Samaniego, dont le mari venait d'être mangé par une tribu papoue à l'occasion d'une fête religieuse, se multipliait par quatre pour l'amour d'autant de beaux garçons rencontrés dans différents ports océaniens.

Bientôt, la malheureuse ubiquiste fut saisie d'une frénésie de luxure et eut des amants sur tous les points du globe. Le nombre en augmentait au rythme d'une progression géométrique dont la raison était 2,7. Cette phalange dispersée comprenait des hommes de toutes sortes : des marins, des planteurs, des pirates chinois, des officiers, des cow-boys, un champion d'échecs, des athlètes scandinaves, des pêcheurs de perles, un commissaire du peuple, des lycéens, des toucheurs de bœufs, un matador, un garçon boucher, quatorze cinéastes, un raccommodeur de porcelaine, soixante-sept médecins, des marquis, quatre princes russes, deux employés de chemins de fer, un professeur de géométrie, un bourrelier, onze avocats, et il faut bien en passer. Signalons pourtant un membre de l'Académie française en tournée de conférences dans les Balkans, avec toute sa barbe. Dans une seule des îles Marquises, la race lui ayant paru belle, l'insatiable amoureuse s'y multiplia par trente-neuf. En l'espace de trois mois, elle se fut répandue sur le globe en neuf cent cinquante exemplaires. Six autres mois plus tard, ce nombre atteignait aux environs de dix-huit mille, ce qui est considérable. La face du monde en était presque changée. Dix-huit mille amants subissaient l'influence de la même femme, et à leur insu s'établissait entre eux une sorte de parenté dans leur manière de vouloir, de sentir, d'apprécier. En outre, façonnés par ses conseils et par le même désir de lui plaire, ils en venaient à se ressembler par le maintien, la démarche, le port du veston et la couleur de la cravate, et même par des expressions de physionomie. C'est ainsi que le professeur de géométrie ressemblait à un pirate chinois et l'académicien, en dépit de sa barbe, au matador. Il se créait un type d'homme dont les caractères somatiques échappaient d'ailleurs à tout examen. Sabine avait pris l'habitude de fredonner une chanson qui commençait ainsi : *Dans les gardes françaises, j'avais un amoureux.* Elle courut sur les lèvres de ses innombrables amants, de leurs amis et connaissances, et devint une rengaine internationale. Les gangsters de Al Pacone la chantaient en dévalisant la banque principale de Chicago, comme aussi les pirates de Wou-Naï-Na, en pillant les jonques du fleuve Bleu, et les immortels en rédigeant le dictionnaire de l'Académie. Enfin, la silhouette de Sabine, son profil, la forme de ses yeux, l'expression de ses jambes, semblaient devoir imposer bientôt de nouveaux canons de la beauté féminine. Les grands voyageurs, en particulier les reporters, s'étonnaient de retrouver en tous lieux la même femme, si parfaitement semblable à elle-même. Les journaux s'en émurent, le monde scientifique proposa plusieurs explications du phénomène, ce qui donna lieu à de grandes querelles qui ne sont pas près de finir. La théorie semi-finaliste du nivellement des races par mutation de gènes et option infraconsciente de l'espèce prévalut généralement dans le public. Lord Burbury, qui suivait ces débats d'assez près, commençait à regarder sa femme d'un drôle d'air.

Rue de l'Abreuvoir, Sabine Lemurier, dans un calme apparent, continuait à mener une existence d'épouse attentive et de bonne ménagère, allait au marché, cuisait les biftèques, recousait les boutons, faisait durer le linge de son mari, échangeait des visites avec les femmes de ses collègues et écrivait ponctuellement au vieil oncle de Clermont-Ferrand. Au contraire de ses quatre sœurs, elle semblait n'avoir pas voulu suivre les suggestions perfides des romans de Mrs. Smithson et s'était interdit de se multiplier pour suivre des amants. On jugera cette précaution spécieuse, artificieuse et hypocrite, puisque Sabine et ses innombrables sœurs pécheresses n'étaient qu'une seule et même personne. Mais les plus grands pécheurs ne sont jamais entièrement abandonnés de Dieu, qui entretient une lueur dans les ténèbres de ces pauvres âmes. C'était sans nul doute cette lueur-là qui se trouvait ainsi matérialisée dans un dix-huit millième de notre amoureuse innombrable. A la vérité, elle entendait d'abord rendre hommage à la primauté d'Antoine Lemurier en tant qu'époux légal. Sa conduite à son égard témoigna constamment de cet honorable souci. Lemurier étant tombé malade au moment où il venait de faire de mauvaises spéculations et de s'endetter lourdement, il arriva que le ménage se trouva dans une gêne extrême, voisine de la misère. Bien souvent, l'argent manquait à la fois pour la pharmacie, le pain et le proprio. Sabine vécut là des jours angoissés, mais sut résister, lors même que l'huissier cognait à la porte et qu'Antoine réclamait le curé, à la tentation de recourir aux millions de lady Burbury ou de Mrs. Smithson. Pourtant, assise au chevet du malade et épiant son souffle difficile, elle restait attentive aux ébats de ses sœurs (elles étaient alors quarante-sept mille), présente à tous leurs gestes et écoutant cette immense rumeur lascive qui lui arrachait parfois un soupir. Les dents serrées, le teint animé et la pupille légèrement dilatée, elle ressemblait parfois à une téléphoniste surveillant un vaste standard avec une application passionnée.

Quoique participant à (et participant de) cette mêlée voluptueuse, multiplicité impudique, fornicante, transpirante, gémissante, et y prenant plaisir (nécessairement, par nécessité et nécessaire et absolue conformité de conformation), quoique donc, Sabine restait inapaisée et l'âme appétente. C'est qu'elle s'était reprise à aimer Théorème avec le ferme propos de le lui laisser ignorer. Peut-être ses quarante-sept mille amants n'étaient-ils qu'un dérivatif à cette passion sans espoir. Il est permis de le penser. D'autre part, on peut supposer qu'elle était simplement et irrésistiblement aspirée par un destin en forme d'entonnoir (Cf. cette pensée de Charles Fourier que chacun peut lire sur le socle de sa statue, au confluent du boulevard de Clichy et de la place Clichy : *Les attractions sont proportionnelles aux destinées*). Sabine avait été informée d'abord par sa crémière, ensuite par les journaux, des succès de Théorème. Dans une exposition, elle avait, le cœur ébloui et la buée à l'œil, admiré sa *Femme à neuf têtes,* si tendre et si tragiquement irréelle et pour elle allusive. Son ancien amant lui apparaissait purifié, racheté, rédimé, rétamé, battant neuf et lumière. Pour lui seul, elle osait prier, prier pour qu'il eût bon lit, bonne table, fraîcheur d'âme en toute saison, aussi pour que sa peinture devînt de plus en plus belle.

Théorème avait toujours les yeux noirs, mais sa folie l'avait quitté, bien qu'il disposât des mêmes arguments pour en faire la preuve. Sagement, il s'était dit qu'il existe d'excellentes raisons pour n'importe quoi, qu'il en existait sûrement pour infirmer la preuve de sa folie, et il n'avait pas pris la peine de les chercher. Toutefois, sa vie demeurait à peu près la même, laborieuse et le plus souvent solitaire. Selon le souhait de Sabine, sa peinture devenait de plus en plus belle, et les critiques d'art disaient des choses très fines sur la spiritualité de ses toiles. On ne le rencontrait guère dans les cafés et, en présence de ses amis mêmes, il avait la parole rare, le visage et le maintien triste des hommes qui ont épousé une grande douleur. C'est qu'il avait opéré un sérieux retour sur lui-même et jugé sa conduite passée à l'égard de Sabine. Conscient de sa bassesse, il en rougissait vingt fois par jour, se traitant à haute voix de butor, de mufle, de crapaud panard et venimeux, de cochon rengorgé. Il aurait voulu s'accuser devant Sabine, implorer son pardon, mais il se jugeait trop indigne. Ayant fait un pèlerinage à la plage bretonne, il en rapporta deux toiles admirables, à faire sangloter un épicier, et aussi un souvenir aiguisé de sa muflerie. Il entrait tant d'humilité dans sa passion pour Sabine qu'il regrettait maintenant d'avoir été aimé.

Antoine Lemurier, qui avait manqué mourir, sortit heureusement de maladie, reprit son service au bureau et, tant bien que mal, pansa ses plaies d'argent. Durant cette épreuve, les voisins s'étaient réjouis en pensant que le mari allait crever, le mobilier être vendu, la femme à la rue. Tous étaient d'ailleurs d'excellentes gens, des cœurs d'or, comme tout le monde, et n'en voulaient nullement au ménage Lemurier, mais voyant se jouer auprès d'eux une sombre tragédie avec rebonds, péripéties, beuglements de proprio, huissier et fièvre montante, ils vivaient anxieusement dans l'attente d'un dénouement qui fût digne de la pièce. On en voulut à Lemurier de n'être pas mort. C'est lui qui avait tout foutu par terre. En représailles, on se mit à plaindre sa femme et à l'admirer. On lui disait : « Madame Lemurier, quel courage vous avez eu, on a bien pensé à vous, je voulais monter vous voir, Frédéric me disait non, tu vas déranger, mais je me tenais au courant, et je l'ai dit souvent et encore hier à M. Brevet : Mme Lemurier a été extraordinaire; admirable, elle a été. » Ces choses-là étaient dites, autant que possible, devant Lemurier, ou bien elles lui étaient répétées par la concierge ou par le trois-pièces du cinquième, ou par le porte-de-face du troisième, si bien que le pauvre homme en vint à juger insuffisante l'expression de sa propre reconnaissance. Un soir, sous la lampe, Sabine lui parut lasse. Elle en était à son cinquante-six millième amant, un capitaine de gendarmerie, bel homme, qui débouclait son ceinturon dans un hôtel de Casablanca en lui disant qu'après bien bouffer et un bon cigare, l'amour est chose divine. Antoine Lemurier, qui regardait sa femme avec vénération, lui prit la main et y appuya les lèvres.

— Chérie, lui dit-il, tu es une sainte. Tu es la plus douce des saintes, la plus belle. Une sainte, une vraie sainte.

La dérision involontaire de cet hommage et de ce regard adorant accabla Sabine. Elle retira sa main, fondit en larmes et, s'excusant sur ses nerfs, passa dans sa chambre. Comme elle mettait ses bigoudis, l'académicien à la barbe fleurie mourut d'une rupture d'anévrisme dans un restaurant d'Athènes où il était attablé avec Sabine qui s'appelait là-bas Cunégonde et passait pour sa nièce. Cunégonde peut paraître un prénom recherché, voire littéraire, mais qu'on veuille bien y songer : il n'y a pas cinquante-six mille saintes au calendrier, et il fallait bien les honorer toutes. Assurée que la dépouille du grand homme serait bien traitée, Cunégonde se replia dans le sein de Sabine qui l'expédia le lendemain matin dans une baraque de la zone en expiation de l'injure nombreuse faite à Antoine Lemurier.

Cunégonde, sous le nom de Louise Mégnin, élut domicile dans l'une des plus pauvre cabanes de la zone Saint-Ouen, celles qui s'élèvent au fond de l'ignoble cité, devant les grandes meules de détritus tassés en un terreau friable aux noires senteurs de cendre et d'humanité. Sa baraque, faite de vieux bois de démolition et de papier toile goudronné, comprenait deux chambres séparées par une cloison en planches et dont l'une abritait un vieillard catarrheux et asthénique, soigné par un gamin idiot qu'il injuriait jour et nuit d'une voix d'agonisant. Louise Mégnin devait mettre longtemps à s'habituer à ce voisinage, de même qu'à la vermine, aux rats, aux odeurs, à la rumeur des bagarres, à la grossièreté des zoniers et à tous les inconvénients sordides qu'imposait l'existence dans ce dernier cercle de l'enfer terrestre. Lady Burbury et ses sœurs mariées, comme aussi les cinquante-six mille amoureuses (dont le nombre ne cessait de croître), en perdirent pendant plusieurs jours le goût de la nourriture. Lord Burbury s'étonnait parfois de voir sa femme pâlir, trembler du chef et des mains et ses yeux se révulser. « On me cache quelque chose », pensait-il. C'est tout simplement que dans sa bicoque, Louise Mégnin faisait tête à un rat ventru ou disputait son grabat aux punaises, mais il ne pouvait pas le savoir. On supposera peut-être que cette descente expiatoire au séjour des damnés et des chiffonniers, dans la puanteur, la vermine, les plaies, les pustules, la faim, les couteaux, les loques, le vin dur et les gueulements d'abrutis, avait fait faire à la pécheresse multicorps un grand pas sur le chemin de la vertu. Mais non, au contraire. Louise Mégnin, ses cinquante-six mille sœurs (devenues soixante mille) et l'épouse tétracarne cherchaient à s'étourdir afin d'oublier la zone de Saint-Ouen. Au lieu de se délecter à ses souffrances comme il eût été juste et avantageux, Louise s'efforçait de ne rien voir, de ne rien entendre et se dispersait sur les cinq continents au spectacle de jeux impurs. C'était facile. Quand on a soixante mille paire d'yeux, on peut sans trop de peine se distraire du spectacle que nous offre l'une d'elles. Autant pour les oreilles.

Heureusement, la Providence veillait. Un soir, à la brune, l'air était très doux; les exhalaisons des baraques, des roulottes et des tas d'immondices se fondaient en odeurs profondes tirant sur la charogne; sur la zone flottait un brouillard léger estompant le décor bancal et les allées de mâchefer; des ménagères se traitaient de putains, d'ordures, de voleuses, et dans un café en planches, la radio donnait une interview du grand coureur cycliste Idée. Louise Mégnin emplissait un arrosoir à la borne-fontaine lorsqu'elle vit sortir d'une roulotte un homme monstrueux qui se dirigea vers la fontaine. Fait comme un gorille dont il avait la carrure, le faciès et les longs bras pendant à hauteur des genoux, il était chaussé de pantoufles et portait des leggins dépareillés. Il s'avança en roulant les épaules et s'arrêta auprès de Louise sans rien dire, ses petits yeux brillant dans sa face poilue. D'autres hommes l'avaient déjà abordée à la fontaine, certains même étaient venus rôder autour de sa bicoque, mais les plus frustes restaient soucieux d'observer quelques transitions rituelles. Celui-ci n'y pensait sûrement pas et sa résolution semblait aussi tranquille que s'il se fût agi de prendre l'autobus. Louise n'osait pas lever les yeux et regardait avec effroi les énormes mains pendantes, couvertes d'un poil noir et dru que la crasse collait par endroits en mèches rebelles. L'arrosoir plein, elle prit le chemin du retour et le gorille l'accompagna, toujours silencieux. Il marchait à côté d'elle à petits pas, à cause de ses jambes courtes et cagneuses disproportionnées au buste, et crachait parfois un jus de chique. « Enfin, pourquoi me suivez-vous? » demanda Louise. « Ma plaie recommence à couler », dit le gorille, et tout en marchant, il pinça l'étoffe de sa culotte qui collait à sa cuisse. Ils arrivaient à la bicoque. Transie de peur, Louise prit un pas d'avance, entra vivement et lui claqua la porte au nez. Mais avant qu'elle l'eût fermée à clé, il la repoussait d'une seule main et venait s'encadrer dans le chambranle. Sans prendre garde à sa présence, il promena sur sa cuisse des doigts précautionneux pour reconnaître à travers l'étoffe les contours de la plaie suppurante. Le manège dura longtemps. Dans la chambre voisine, le vieux égrenait des blasphèmes et, d'une voix de moribond, se plaignait que le gamin voulût l'assassiner. Louise, épouvantée, se tenait au milieu de la chambre, les yeux fixés sur le gorille. En se relevant, il vit son regard, lui fit signe de la main comme pour la faire patienter et, après avoir fermé la porte, posa sa chique sur une chaise.

A Paris, à Londres, à Shangaï, à Bamako, à Bâton-Rouge, à Vancouver, à New York, à Breslau, à Varsovie, à Rome, à Pondichéry, à Sydney, à Barcelone et sur tous les points du globe, Sabine, le souffle coupé, suivait les mouvements du gorille. Lady Burbury venait de faire son entrée dans un salon ami et la maîtresse de maison qui s'avançait à sa rencontre la vit reculer devant elle, le nez pincé, les yeux pleins d'horreur, jusqu'à ce qu'elle tombât assise sur les genoux d'un vieux colonel. A Napier (Nouvelle-Zélande), Ernestine, la dernière née des soixante-cinq mille, planta ses ongles très profondément dans les mains d'un jeune employé de banque qui se demanda ce qu'il fallait en penser. Sabine aurait pu résorber Louise Mégnin dans l'un de ses nombreux corps, elle ne fut pas sans y songer, mais il lui sembla qu'elle n'avait pas le droit de refuser cette épreuve.

Le gorille viola Louise Mégnin plusieurs fois. Dans les intervalles, il reprenait sa chique, puis la reposait sur la chaise. De l'autre côté de la cloison, le vieillard poursuivait ses litanies et, d'une main débile, lançant ses sabots par la chambre, essayait d'assommer son jeune compagnon qui éclatait à chaque fois d'un rire imbécile. La nuit était presque tombée. Dans la pénombre, les mouvements du gorille brassaient de lourdes odeurs de crasse, de nourriture gâtée, de bouc et de sanie, concentrées dans son poil de bête et dans ses vêtements. Enfin, ayant repris sa chique pour de bon, il posa une pièce de vingt sous sur la table, en homme qui sait vivre, et jeta en sortant : « Je reviendrai. »

Cette nuit-là, aucune des soixante-cinq mille sœurs ne put trouver le sommeil, et leurs larmes semblaient devoir ne jamais tarir. Elles voyaient bien, maintenant, que les plaisirs de l'amour décrits par les romans de Mrs. Smithson étaient de flatteuses illusions, et que le plus bel homme du monde, hors des liens sacrés du mariage, ne peut donner que ce qu'il a — au fond (pensaient-elles), à peu de chose près ce qu'avait donné le gorille. Plusieurs milliers d'entre elles, s'étant querellées avec leurs amants qu'exaspéraient ces pleurs et ces mines dégoûtées, rompirent aussitôt leurs liaisons et cherchèrent un gagne-pain honorable. Les unes s'engagèrent dans les fabriques ou comme bonnes à tout faire, d'autres trouvèrent à s'employer dans des hôpitaux ou des asiles. Aux Marquises, il y en eut douze qui se casèrent dans des léproseries pour soigner les malades. Hélas! il ne faudrait pas croire que ce mouvement fût aussitôt général. Au contraire, de nouvelles multiplications de pécheresses vinrent compenser, et au-delà, ces glorieuses défections. Dans la promotion des repenties, certaines se laissèrent tenter et revinrent aux mauvais plaisirs.

Heureusement, le gorille faisait à Louise Mégnin de fréquentes visites. Comme il était toujours aussi laid, aussi brutal, et qu'il puait toujours très fort, sa lubricité était merveilleusement édifiante. A chaque fois qu'il venait dans la bicoque, un grand frisson de dégoût passait parmi les amoureuses, et il y en avait un millier ou deux qui se réfugiaient dans la dignité du travail et dans les bonnes œuvres, quitte à se raviser et à retomber dans l'ornière. En définitive, à ne considérer que les chiffres, Sabine ne progressait pas sensiblement dans la voie du bien, mais le nombre de ses amants se stabilisait aux environs de soixante-sept mille, et cela seul était un progrès.

Un matin, le gorille arriva chez Louise Mégnin avec un grand sac de toile contenant huit boîtes de pâté de foie, six de saumon, trois fromages de chèvres, trois camemberts, six œufs durs, quinze sous de cornichons, un pot de rillettes, un saucisson, quatre kilos de pain frais, douze bouteilles de vin rouge, une de rhum, et aussi un phonographe datant de 1912, avec enregistrement sur cylindres, lesquels étaient au nombre de trois, et c'est à savoir, dans l'ordre des préférences du gorille : la *Chanson des blés d'or,* un monologue égrillard, et le duo de Charlotte et de Werther. Arriva donc le gorille avec son sac sur l'épaule, s'enferma dans la bicoque avec Louise Mégnin et n'en ressortit que le surlendemain à cinq heures après midi. Des horreurs qui se perpétrèrent pendant ces deux jours de tête-à-tête, il est convenable de ne rien dire. Ce qu'il faut savoir, c'est que, dans le même temps, vingt mille amoureuses, désabusées, abandonnèrent leurs amants pour se consacrer à des tâches ingrates et secourir les affligés. Il est vrai aussi que neuf mille d'entre elles (presque la moitié) retombèrent dans le péché. Mais le bénéfice était bon. Dès lors, les gains furent à peu près constants, malgré les retours et les rechutes. Ces corps innombrables n'étant mus que par une seule âme, on s'étonnera peut-être que le résultat n'ait pas été plus prompt. Mais les habitudes de l'existence, voire et surtout les plus quotidiennes, les plus anodines, les plus apparemment insignifiantes, sont comme des adhérences de l'âme à la chair. On le vit bien pour Sabine. Celles de ses sœurs qui menaient une vie de patachon, un amant aujourd'hui, un autre demain et tous les jours faire la valise, vinrent les premières à résipiscence. La plupart des autres tenaient au vice par un apéritif à l'heure fixe, un appartement commode, un rond de serviette au restaurant, un sourire de la concierge, un chat siamois, un lévrier, une mise en plis hebdomadaire, un poste de radio, une couturière, un fauteuil profond, des partenaires de bridge, et enfin par la présence régulière de l'homme, par des opinions échangées avec lui sur le temps, les cravates, le cinéma, la mort, l'amour, le tabac ou le torticolis. Néanmoins, ces retranchements semblaient devoir tomber les uns après les autres. Chaque semaine, le gorille passait chez Louise des deux et trois jours d'affilée et il se saoulait dégoûtamment et il était monstrueux d'entrain, de puanteur et de purulences. Des milliers et des milliers d'amoureuses battaient leur coulpe, se ruaient à la pureté et aux bonnes œuvres, revenaient à la fange, en ressortaient, hésitaient, délibéraient, choisissaient, tâtonnant, butant, se déprenant et se reprenant et, pour le plus grand nombre, se mettant finalement à carreau et à coi dans une vie de chasteté, de travail, d'abnégation. Emerveillés et haletants, les anges se penchaient aux barrières du ciel pour suivre ce combat glorieux, et lorsqu'ils voyaient le gorille entrer chez Louise Mégnin, ils ne pouvaient pas s'empêcher d'entonner un joyeux cantique. Dieu lui-même venait jeter un coup d'œil de temps en temps. Mais il était loin de partager l'enthousiasme des anges, qui le faisait sourire, et il lui arrivait de les tancer (mais paternellement) : « Allons, allons (disait Dieu). Eh bien quoi. Dirait-on pas. C'est une âme comme une autre. Ce que vous voyez là, c'est ce qui se passe dans toutes les pauvres âmes auxquelles je n'ai pas pris la peine de donner soixante-sept mille corps. Je reconnais que le débat de celle-ci est assez spectaculaire, mais c'est parce que je l'ai bien voulu. »

Rue de l'Abreuvoir, Sabine menait une existence soucieuse et recueillie, épiant les mouvements de son âme et les inscrivant en chiffres sur son agenda de ménagère. Lorsque ses sœurs repenties furent au nombre de quarante mille, son visage prit une expression plus sereine, bien qu'elle restât sur le qui-vive. Souvent, le soir, dans la salle à manger, un sourire la parait de lumière et de transparence et, plus que jamais, il semblait à Antoine Lemurier qu'elle parlât avec les anges. Un dimanche matin, elle secouait une descente de lit à la fenêtre et auprès d'elle, Lemurier rêvait à un mot croisé difficile lorsque Théorème passa dans la rue de l'Abreuvoir.

— Tiens, dit Lemurier, voilà le fou. Il y a longtemps qu'on ne l'avait pas vu.

— Il ne faut pas dire qu'il est fou, protesta doucement Sabine. M. Théorème est un si grand peintre!

D'un pas de flâneur, Théorème allait à son destin qui lui fit d'abord descendre la rue des Saules et le conduisit jusqu'à la foire aux puces, derrière la porte de Clignancourt. Inattentif aux occasions, il s'y promena au hasard et finit par s'engager dans le village des zoniers qui le regardaient passer avec l'hostilité discrète des parias pour l'étranger bien vêtu dans lequel ils flairent le promeneur curieux de misère pittoresque. Théorème pressa le pas et, en arrivant aux dernières bicoques, se trouva presque face à face avec Louise Mégnin qui portait un arrosoir d'eau. Elle était pieds nus dans des sabots et vêtue d'une mince robe noire, rapiécée et reprisée. Sans rien dire, il prit son arrosoir et entra derrière elle dans sa pauvre chambre. Le vieux d'à-côté s'étant traîné jusqu'au marché aux puces pour y acheter une assiette d'occasion, la bicoque était silencieuse. Théorème avait pris les mains de Sabine et aucun d'eux ne trouvait de voix pour demander pardon à l'autre du mal qu'il croyait lui avoir fait. Comme il s'agenouillait à ses pieds, elle voulut le relever, mais tomba elle-même à genoux, et il leur vint des larmes plein les yeux. C'est alors que le gorille fit son entrée. Il portait sur l'épaule un grand sac de victuailles, car il venait s'installer pour huit jours dans la bicoque de Louise. Sans rien dire, il posa son sac, sans rien dire prit les amants à la gorge — un cou dans chaque main — les souleva, les agita comme des flacons, puis les étrangla. Ils moururent en même temps, visage sur visage et les yeux dans les yeux. Les ayant calés chacun sur une chaise, le gorille se mit à table avec eux, éventra une boîte de pâté de foie et but une bouteille de rouge. Il passa ainsi la journée à manger et à boire et à remonter le phono pour écouter la *Chanson des blés d'or*. Le soir venu, il ficela les deux corps l'un contre l'autre et les fourra dans son grand sac. En quittant la bicoque avec son fardeau sur l'épaule, il éprouva dans la région supérieure du poitrail une espèce de frisson qui ressemblait à un attendrissement et il prit la peine de rouvrir le sac pour y enfermer une fleur de géranium, cueillie à la fenêtre d'une roulotte de la zone. Par les grandes avenues, il descendit à la Seine où il arriva vers onze heures du soir. Toute cette aventure avait fini par lui donner un peu d'imagination. Quai de la Mégisserie, lorsqu'il eut balancé les deux cadavres dans le fleuve, le gorille crut découvrir que la vie était ennuyeuse et fatigante comme un livre. L'idée lui vint aussitôt d'en finir avec elle, mais au lieu de se jeter à l'eau, il eut la délicatesse d'aller se couper la gorge sous un porche de la rue des Lavandières-Sainte-Opportune.

Dans la seconde même où Louise Mégnin mourait étranglée, ses soixante-sept mille et quelques sœurs rendaient également le dernier soupir avec un sourire heureux en portant la main à leur cou. Les unes, telles lady Burbury et Mrs. Smithson, reposent dans des tombeaux cossus, les autres sous de simples bourrelets de terre que le temps aura vite effacés. Sabine est enterrée à Montmartre dans le petit cimetière Saint-Vincent et ses amis vont la voir de temps en temps. On pense qu'elle est en paradis et qu'au jour du jugement dernier, il y aura plaisir pour elle à ressusciter de ses soixante-sept mille corps.

LA CARTE

Extraits du journal de Jules Flegmon.

10 février. — Un bruit absurde court dans le quartier à propos de nouvelles restrictions. Afin de parer à la disette et d'assurer un meilleur rendement de l'élément laborieux de la population, il serait procédé à la mise à mort des consommateurs improductifs : vieillards, retraités, rentiers, chômeurs, et autres bouches inutiles. Au fond, je trouve que cette mesure serait assez juste. Rencontré tout à l'heure, devant chez moi, mon voisin Roquenton, ce fougueux septuagénaire qui épousa, l'an passé, une jeune femme de vingt-quatre ans. L'indignation l'étouffait : « Qu'importe l'âge, s'écriait-il, puisque je fais le bonheur de ma poupée jolie! » En des termes élevés, je lui ai conseillé d'accepter avec une joie orgueilleuse le sacrifice de sa personne au bien de la communauté.

12 février. — Il n'y a pas de fumée sans feu. Déjeuné aujourd'hui avec mon vieil ami Maleffroi, conseiller à la préfecture de la Seine. Je l'ai cuisiné adroitement, après lui avoir délié la langue avec une bouteille d'arbois.

Naturellement, il n'est pas question de mettre à mort les inutiles. On rognera simplement sur leur temps de vie. Maleffroi m'a expliqué qu'ils auraient droit à tant de jours d'existence par mois, selon leur degré d'inutilité. Il paraît que les cartes de temps sont déjà imprimées. J'ai trouvé cette idée aussi heureuse que poétique. Je crois me souvenir d'avoir dit là-dessus des choses vraiment charmantes. Sans doute un peu ému par le vin, Maleffroi me regardait avec de bons yeux, tout embués par l'amitié.

13 février. — C'est une infamie! un déni de justice! un monstrueux assassinat! Le décret vient de paraître dans les journaux et voilà-t-il pas que parmi « les consommateurs dont l'entretien n'est compensé par aucune contrepartie réelle », figurent les artistes et les écrivains! A la rigueur, j'aurais compris que la mesure s'appliquât aux peintres, aux sculpteurs, aux musiciens. Mais aux écrivains! Il y a là une inconséquence, une aberration, qui resteront la honte suprême de notre époque. Car, enfin, l'utilité des écrivains n'est pas à démontrer, surtout la mienne, je peux le dire en toute modestie. Or, je n'aurai droit qu'à quinze jours d'existence par mois.

16 février. — Le décret entrant en vigueur le 1er mars et les inscriptions devant être prises dès le 18, les gens voués par leur situation sociale à une existence partielle s'affairent à la recherche d'un emploi qui leur permette d'être classés dans la catégorie des vivants à part entière. Mais l'administration, avec une prévoyance diabolique, a interdit tout mouvement de personnel avant le 25 février.

L'idée m'est venue de téléphoner à mon ami Maleffroi

pour qu'il m'obtienne un emploi de portier ou de gardien de musée dans les quarante-huit heures. J'arrive trop tard. Il vient d'accorder la dernière place de garçon de bureau dont il disposait.

— Mais aussi, pourquoi diable avoir attendu jusqu'à aujourd'hui pour me demander une place?

— Mais comment pouvais-je supposer que la mesure m'atteindrait? Quand nous avons déjeuné ensemble, vous ne m'avez pas dit...

— Permettez. J'ai spécifié, on ne peut plus clairement, que la mesure concernait tous les inutiles.

17 février. — Sans doute ma concierge me considère-t-elle déjà comme un demi-vivant, un fantôme, une ombre émergeant à peine des enfers, car ce matin, elle a négligé de m'apporter mon courrier. En descendant, je l'ai secouée d'importance. « C'est, lui ai-je dit, pour mieux gaver les paresseux de votre espèce qu'une élite fait le sacrifice de sa vie. » Et, au fond, c'est très vrai. Plus j'y pense, plus ce décret me paraît injuste et inique.

Rencontré tout à l'heure Roquenton et sa jeune femme. Le pauvre vieux m'a fait pitié. En tout et pour tout, il aura droit à six jours de vie par mois, mais le pis est que Mme Roquenton, en raison de sa jeunesse, ait droit à quinze jours. Ce décalage jette le vieil époux dans une anxiété folle. La petite paraît accepter son sort avec plus de philosophie.

Au cours de cette journée, j'ai rencontré plusieurs personnes que le décret n'atteint pas. Leur incompréhension et leur ingratitude à l'égard des sacrifiés me dégoûtent profondément. Non seulement cette mesure inique leur apparaît comme la chose la plus naturelle du monde, mais il semble bien qu'ils s'en réjouissent. On ne flétrira jamais assez cruellement l'égoïsme des humains.

18 février. — Fait trois heures de queue à la mairie du dix-huitième arrondissement pour retirer ma carte de temps. Nous étions là, distribués en une double file, environ deux milliers de malheureux dévoués à l'appétit des masses laborieuses. Et ce n'était qu'une première fournée. La proportion des vieillards m'a paru être de la moitié. Il y avait de jolies jeunes femmes aux visages tout alanguis de tristesse et qui semblaient soupirer : *Je ne veux pas mourir encore.* Les professionnelles de l'amour étaient nombreuses. Le décret les a durement touchées en réduisant leur temps de vie à sept jours par mois. Devant moi, l'une d'elles se plaignait d'être condamnée pour toujours à sa condition de fille publique. En sept jours, affirmait-elle, les hommes n'ont pas le temps de s'attacher. Cela ne me paraît pas si sûr. Dans les files d'attente, j'ai reconnu, non sans émotion, et, je dois l'avouer, avec un secret contentement, des camarades de Montmartre, écrivains et artistes : Céline, Gen Paul, Daragnès, Fauchois, Soupault, Tintin, d'Esparbès et d'autres. Céline était dans un jour sombre. Il disait que c'était encore une manœuvre des Juifs, mais je crois que sur ce point précis, sa mauvaise humeur l'égarait. En effet, aux termes du décret, il est alloué aux Juifs, sans distinction d'âge, de sexe, ni d'activité, une demi-journée d'existence par mois. Dans l'ensemble, la foule était irritée et houleuse. Les nombreux agents commis au service d'ordre nous traitaient avec beaucoup de mépris, nous considérant évidemment comme un rebut d'humanité. A plusieurs reprises, comme nous nous lassions de cette longue attente, ils ont apaisé notre impatience à coups de pied au cul. J'ai dévoré l'humiliation avec une muette dignité, mais j'ai regardé fixement un brigadier de police en rugissant mentalement un cri de révolte. Maintenant, c'est nous qui sommes les damnés de la terre.

J'ai pu enfin retirer ma carte de temps. Les tickets attenants, dont chacun vaut vingt-quatre heures d'existence, sont d'un bleu très tendre, couleur de pervenche, et si doux que les larmes m'en sont venues aux yeux.

24 février. — Il y a une huitaine de jours, j'avais écrit à l'administration compétente pour que mon cas personnel fût pris en considération. J'ai obtenu un supplément de vingt-quatre heures d'existence par mois. C'est toujours ça.

5 mars. — Depuis une dizaine de jours, je mène une existence fiévreuse qui m'a fait délaisser mon *Journal.* Pour ne rien laisser perdre d'une vie aussi brève, j'ai quasiment perdu le sommeil de mes nuits. En ces quatre derniers jours, j'aurai noirci plus de papier qu'en trois semaines de vie normale et, toutefois, mon style garde le même éclat, ma pensée la même profondeur. Je me dépense au plaisir avec la même frénésie. Je voudrais que toutes les jolies femmes fussent à moi, mais c'est impossible. Toujours avec le désir de profiter de l'heure qui passe, et peut-être aussi dans un esprit de vengeance, je fais chaque jour deux très copieux repas au marché noir. Mangé à midi trois douzaines d'huîtres, deux œufs pochés, un quartier d'oie, une tranche de filet de bœuf, légume, salade, fromages divers, un entremets au chocolat, un pamplemousse et trois mandarines. En buvant mon café, et quoique l'idée de mon triste sort ne m'eût point abandonné, j'éprouvais un certain sentiment de bonheur.

Deviendrais-je un parfait stoïcien? En sortant du restaurant, je suis tombé sur le couple Roquenton. Le bonhomme vivait aujourd'hui sa dernière journée du mois de mars. Ce soir, à minuit, son sixième ticket usé, il sombrera dans le non-être et y demeurera vingt-cinq jours.

7 mars. — Rendu visite à la jeune Mme Roquenton, provisoirement veuve depuis la minuit. Elle m'a accueilli avec une grâce que la mélancolie rendait plus charmante. Nous avons parlé de choses et d'autres, et aussi de son mari. Elle m'a conté comment il s'était évanoui dans le néant. Ils étaient tous les deux couchés. A minuit moins une, Roquenton tenait la main de sa femme et lui adressait ses dernières recommandations. A minuit sonnant, elle a senti tout d'un coup la main de son compagnon fondre dans la sienne. Il ne restait plus à côté d'elle qu'un pyjama vide et un râtelier sur le traversin. Cette évocation nous a bien vivement émus. Comme Lucette Roquenton versait quelques larmes, je lui ai ouvert mes bras.

12 mars. — Hier soir, à six heures, suis allé prendre un verre de sirop chez Perruque, l'académicien. Comme on sait, l'administration, pour ne pas faire mentir leur réputation d'immortalité, accorde à ces débris le privilège de figurer parmi les vivants à part entière. Perruque a été ignoble de suffisance, d'hypocrisie et de méchanceté. Nous étions chez lui une quinzaine, tous des sacrifiés, qui vivions nos derniers tickets du mois. Perruque seul était à part entière. Il nous traitait avec bonté, comme des êtres diminués, impuissants. Il nous plaignait avec une mauvaise flamme dans l'œil, nous promettant de défendre nos intérêts en notre absence. Il jouissait d'être, sur un certain plan, quelque chose de plus que nous. Me suis retenu à quatre pour ne pas le traiter de vieux melon et de canasson refroidi. Ah! si je n'avais pas l'espoir de lui succéder un jour!

13 mars. — Déjeuné à midi chez les Dumont. Comme toujours, ils se sont querellés et même injuriés. Avec un accent de sincérité qui ne trompe pas, Dumont s'est écrié : « Si au moins je pouvais utiliser mes tickets de vie dans la deuxième quinzaine du mois, de façon à ne jamais vivre en même temps que toi! » Mme Dumont a pleuré.

16 mars. — Lucette Roquenton est entrée cette nuit dans le néant. Comme elle avait une grande peur, je l'ai assistée dans ses derniers moments. Elle était déjà couchée lorsque, à neuf heures et demie, je suis monté chez elle. Pour lui éviter les affres de la dernière minute, je me suis arrangé pour retarder d'un quart d'heure la pendulette qui se trouvait sur la table de chevet. Cinq minutes avant le plongeon, elle a eu un accès de larmes. Puis, croyant avoir encore vingt minutes de marge, elle a pris le temps de se remettre à son avantage dans un souci de coquetterie qui m'a paru assez touchant. Au moment du passage, j'ai pris garde à ne pas la quitter des yeux. Elle était en train de rire à une réflexion que je venais de faire, et, soudain, son rire a été interrompu, en même temps qu'elle s'évanouissait à mon regard, comme si un illusionniste l'eût escamotée. J'ai tâté la place encore chaude où reposait son corps, et j'ai senti descendre en moi ce silence qu'impose la présence de la mort. J'étais assez péniblement impressionné. Ce matin même, à l'instant où j'écris ces lignes, je suis angoissé. Depuis mon réveil je compte les heures qui me restent à vivre. Ce soir, à minuit, ce sera mon tour.

Ce même jour, à minuit moins le quart, je reprends mon journal. Je viens de me coucher et je veux que cette mort provisoire me prenne la plume à la main, dans l'exercice de ma profession. Je trouve cette attitude assez crâne. J'aime cette forme de courage, élégante et discrète. Au fait, la mort qui m'attend est-elle bien réellement provisoire, et ne s'agit-il pas d'une mort pure et simple? Cette promesse de résurrection ne me dit rien qui vaille. Je suis maintenant tenté d'y voir une façon habile de nous colorer la sinistre vérité. Si, dans quinze jours, aucun des sacrifiés ne ressuscite, qui donc réclamera pour eux? Pas leurs héritiers, bien sûr! et, quand ils réclameraient, la belle consolation! Je pense tout à coup que les sacrifiés doivent ressusciter en bloc, le premier jour du mois prochain, c'est-à-dire le 1er avril. Ce pourrait être l'occasion d'un joli poisson. Je me sens pris d'une horrible panique et je...

1er avril. — Me voilà bien vivant. Ce n'était pas un poisson d'avril. Je n'ai d'ailleurs pas eu la sensation du temps écoulé. En me retrouvant dans mon lit, j'étais encore sous le coup de cette panique qui précéda ma mort. Mon journal était resté sur le lit, et j'ai voulu achever la phrase où ma pensée restait accrochée, mais il n'y avait plus d'encre dans mon stylo. En découvrant que ma pendule était arrêtée à quatre heures dix, j'ai commencé à soupçonner la vérité. Ma montre était également arrêtée. J'ai eu l'idée de téléphoner à Maleffroi pour lui demander la date. Il ne dissimula pas sa mauvaise humeur d'être ainsi tiré du lit au milieu de la nuit et ma joie d'être ressuscité le toucha médiocrement. Mais j'avais besoin de m'épancher.

— Vous voyez, dis-je, la distinction entre temps spatial et temps vécu n'est pas une fantaisie de philosophe. J'en suis la preuve. En réalité, le temps absolu n'existe pas...

— C'est bien possible, mais il est tout de même minuit et demi, et je crois...

— Remarquez que c'est très consolant. Ces quinze jours pendant lesquels je n'ai pas vécu, ce n'est pas du temps perdu pour moi. Je compte bien les récupérer plus tard.

— Bonne chance et bonne nuit, a coupé Maleffroi.

Ce matin, vers neuf heures, je suis sorti et j'ai éprouvé la sensation d'un brusque changement. La saison me semblait avoir fait un bond appréciable. En vérité, les arbres s'étaient déjà transformés, l'air était plus léger, les rues avaient un autre aspect. Les femmes étaient aussi plus printanières. L'idée que le monde a pu vivre sans moi m'a causé et me cause encore quelque dépit. Vu plusieurs personnes ressuscitées cette nuit. Echange d'impressions. La mère Bordier m'a tenu la jambe pendant vingt minutes à me raconter qu'elle avait vécu, détachée de son corps, quinze jours de joies sublimes et paradisiaques. La rencontre la plus drôle que j'aie faite est assurément celle de Bouchardon, qui sortait de chez lui. La mort provisoire l'avait saisi pendant son sommeil, dans la nuit du 15 mars. Ce matin, il s'est réveillé bien persuadé qu'il avait échappé à son destin. Il en profitait pour se rendre à un mariage qu'il croyait être pour aujourd'hui et qui, en réalité, a dû être célébré il y a quinze jours. Je ne l'ai pas détrompé.

2 avril. — Je suis allé prendre le thé chez les

Roquenton. Le bonhomme est pleinement heureux. N'ayant pas eu la sensation du temps de son absence, les événements qui l'ont rempli n'ont aucune réalité dans son esprit. L'idée que, pendant les neuf jours où elle a vécu sans lui, sa femme aurait pu le tromper, lui paraît évidemment de la métaphysique. Je suis bien content pour lui. Lucette n'a pas cessé de me regarder avec des yeux noyés et languides. J'ai horreur de ces messages passionnés émis à l'insu d'un tiers.

3 avril. — Je ne décolère pas depuis ce matin. Perruque, pendant que j'étais mort, a manœuvré pour que l'inauguration du musée Mérimée ait lieu le 18 avril. A l'occasion de cette fête, et le vieux fourbe ne l'ignore pas, je devais prononcer un discours très important qui m'eût entrouvert les portes de l'Académie. Mais le 18 avril, je serai dans les limbes.

7 avril. — Roquenton est mort encore un coup. Cette fois, il a accepté son sort avec bonne humeur. Il m'avait prié à dîner chez lui et, à minuit, nous étions au salon, en train de boire le champagne. Au moment où il a fait le plongeon, Roquenton était debout, et nous avons vu soudain ses vêtements tomber en tas sur le tapis. En vérité c'était assez comique. Néanmoins, l'accès de gaîté auquel s'est laissée aller Lucette m'a paru inopportun.

12 avril. — Reçu ce matin une visite bouleversante, celle d'un homme d'une quarantaine d'années, pauvre, timide, et en assez mauvaise condition physique. C'était un ouvrier malade, marié et père de trois enfants, qui voulait me vendre une partie de ses tickets de vie afin de pouvoir nourrir sa famille. Sa femme malade, lui-même trop affaibli par les privations pour assurer un travail de force, son allocation lui permettait tout juste d'entretenir les siens dans un état plus proche de la mort que de la vie. La proposition qu'il me fit de me vendre ses tickets de vie m'emplit de confusion. Je me faisais l'effet d'un ogre de légende, un de ces monstres de la Fable antique, qui percevaient un tribut de chair humaine. Je bafouillai une protestation et, refusant les tickets du visiteur, lui offris une certaine somme d'argent sans contrepartie. Conscient de la grandeur de son sacrifice, il en tirait un légitime orgueil et ne voulait rien accepter qu'il n'eût payé d'un ou plusieurs jours de son existence. N'ayant pu réussir à le convaincre, j'ai fini par lui prendre un ticket. Après son départ, je l'ai fourré dans mon tiroir, bien décidé à ne pas l'utiliser. Ainsi prélevée sur l'existence d'un semblable, cette journée supplémentaire me serait odieuse.

14 avril. — Rencontré Maleffroi dans le métro. Il m'a expliqué que le décret de réduction commençait à porter ses fruits. Les gens riches se trouvant très atteints, le marché noir a perdu d'importants débouchés et ses prix ont déjà baissé très sensiblement. En haut lieu, on espère en avoir bientôt fini avec cette plaie. En général, paraît-il, les gens sont mieux ravitaillés, et Maleffroi m'a fait observer que les Parisiens avaient meilleure mine. Cette constatation m'a procuré une joie mélangée.

— Ce qui n'est pas moins appréciable, poursuivit Maleffroi, c'est l'atmosphère de quiétude et d'allégement dans laquelle nous vivons en l'absence de ces nouveaux rationnés. On se rend compte alors à quel point les riches, les chômeurs, les intellectuels et les catins peuvent être dangereux dans une société où ils n'introduisent que le trouble, l'agitation vaine, le dérèglement et la nostalgie de l'impossible.

15 avril. — Refusé une invitation pour ce soir chez les Carteret qui me priaient de vouloir bien assister à leur « agonie ». C'est une mode qu'ont adoptée les gens *swing* de réunir des amis à l'occasion de leur mort provisoire. Parfois, m'a-t-on dit, ces réunions donnent lieu à des mêlées orgiaques. C'est dégoûtant.

16 avril. — Je meurs ce soir. Aucune appréhension.

1er mai. — Cette nuit, en revenant à la vie, j'ai eu une surprise. La mort relative (c'est l'expression à la mode) m'avait saisi debout et mes vêtements s'étant affaissés sur le tapis, je me suis retrouvé tout nu. Même aventure est arrivée chez le peintre Rondot qui avait réuni une dizaine d'invités des deux sexes, tous candidats à la mort relative. Ça dû être assez drôle. Le mois de mai s'annonce si beau qu'il m'en coûte de renoncer aux quinze derniers jours.

5 mai. — Au cours de ma dernière tranche d'existence, j'avais eu le sentiment d'une opposition naissante entre les vivants à part entière et les autres. Il semble qu'elle s'accuse de plus en plus et on ne saurait, en tout cas, douter qu'elle existe. C'est d'abord une jalousie réciproque. Cette jalousie s'explique aisément chez les gens pourvus d'une carte de temps. On ne s'étonnera même pas qu'elle se double d'une solide rancune à l'égard des privilégiés. Pour ceux-ci, j'ai à chaque instant l'occasion de m'en rendre compte, ils nous envient secrètement d'être les héros du mystère et de l'inconnu, d'autant que cette barrière du néant qui nous sépare leur est plus sensible qu'à nous-mêmes qui n'en avons pas la perception. La mort relative leur apparaît comme des vacances et ils ont l'impression d'être rivés à leur chaîne. D'une façon générale, ils ont tendance à se laisser aller à une sorte de pessimisme et de hargne désagréables. Au contraire, le sentiment toujours présent de la fuite du temps, la nécessité d'adopter un rythme de vie plus rapide incline les gens de ma catégorie à la bonne humeur. Je pensais à tout cela à midi en déjeunant avec Maleffroi. Tantôt désabusé et ironique, tantôt agressif, il semblait prendre à cœur de me décourager de mon sort et faisait valoir sa chance avec le désir évident de se convaincre lui-même. Il me parlait comme on pourrait le faire à un ami appartenant à une nation ennemie.

8 mai. — Ce matin, un individu est venu me proposer des tickets de vie à deux cents francs pièce. Il en avait une cinquantaine à placer. Je l'ai vidé sans y mettre de formes et il ne doit qu'à sa forte carrure de n'avoir pas eu mon pied dans les fesses.

10 mai. — Il y aura quatre jours ce soir que Roquenton, pour la troisième fois, est entré dans la mort relative. Pas revu Lucette depuis, mais je viens d'apprendre qu'elle est entichée d'un vague petit jeune homme blond. Je vois d'ici l'animal, un jeune veau appartenant à l'espèce *swing*. Au demeurant, je m'en bats l'œil. Cette petite bonne femme n'a aucun goût, je n'ai pas attendu aujourd'hui pour m'en apercevoir.

12 mai. — Le marché noir des tickets de vie est en train de s'organiser sur une vaste échelle. Des démarcheurs visitent les pauvres et les persuadent de vendre quelques jours de vie afin d'assurer à leurs familles des moyens de subsistance complémentaires. Les vieillards réduits à la retraite du travailleur, les femmes de prisonniers sans emploi sont également des proies faciles. Le cours du ticket s'établit actuellement entre deux cents et deux cent cinquante francs. Je ne pense pas qu'il monte beaucoup plus haut, car la clientèle des gens riches ou simplement aisés est malgré tout assez restreinte, si l'on a égard au nombre des pauvres. En outre, beaucoup de gens se refusent à admettre que la vie humaine soit ainsi traitée comme vile marchandise. Pour ma part, je ne transigerai pas avec ma conscience.

14 mai. — Mme Dumont a égaré sa carte de temps. C'est fort gênant; car pour en obtenir une autre, il faut compter un délai d'au moins deux mois. Elle accuse son mari de la lui avoir cachée pour se débarrasser d'elle. Je ne crois pas qu'il ait l'âme aussi noire. Le printemps n'a jamais été aussi beau que cette année. J'ai regret de mourir après-demain.

16 mai. — Dîné hier chez la baronne Klim. Parmi les invités, Mgr Delabonne était le seul vivant à part entière. Quelqu'un ayant parlé du marché noir des tickets de vie, je me suis élevé contre une pratique que je jugeais honteuse. J'étais on ne peut plus sincère. Peut-être aussi souhaitais-je faire une bonne impression sur l'évêque qui dispose de plusieurs voix à l'Académie. J'ai senti tout de suite un froid dans l'assistance. Monseigneur m'a souri avec bonté comme il eût fait aux confidences d'un jeune prêtre consumé d'ardeurs apostoliques. On parla d'autre chose. Après le dîner, au salon, la baronne m'entreprit, d'abord à mi-voix, sur le marché noir des tickets de vie. Elle me remontra que mon immense et incontesté talent d'écrivain, la profondeur de mes vues, le grand rôle que j'étais appelé à jouer me faisaient un devoir, une obligation morale de mettre des rallonges à une existence consacrée à l'enrichissement de la pensée et à la grandeur du pays. Me voyant ébranlé, elle porta le débat devant les invités. Ceux-ci furent à peu près unanimes à blâmer mes scrupules qui me dérobaient, sous une brume de fausse sentimentalité, les vrais chemins de la justice. Monseigneur, sollicité de donner un avis, refusa de trancher le cas, mais s'exprima en une parabole pleine de sens : un cultivateur laborieux manque de terre alors que ses voisins laissent les leurs en friche. A ces voisins négligents, il achète une partie de leurs champs, les laboure, les ensemence et récolte de grasses moissons qui profitent à tout le monde.

Je me suis laissé persuader par cette brillante assemblée et ce matin il me restait assez de conviction pour faire l'achat de cinq tickets de vie. Pour mériter ce supplément d'existence, je me retirerai à la campagne où je travaillerai d'arrache-pied à mon livre.

20 mai. — Suis en Normandie depuis quatre jours. Sauf quelques promenades à pied, mon temps est entièrement consacré au travail. Les cultivateurs ne connaissent guère la carte de temps. Les vieillards eux-mêmes ont droit à vingt-cinq jours par mois. Comme il me faudrait un jour supplémentaire pour terminer un chapitre, j'ai demandé à un vieux paysan de me céder un ticket. Sur question, je lui ai répondu qu'à Paris le ticket s'achète deux cents francs. « Vous voulez rire! s'est-il écrié. Au prix où on nous achète le cochon sur pied, venir me proposer deux cents francs! » Je n'ai donc pas fait affaire. Je prends le train demain après-midi pour être à Paris dans la soirée et mourir chez moi.

3 juin. — Quelle aventure! Le train ayant eu un retard considérable, la mort provisoire m'a surpris quelques minutes avant d'arriver à Paris. Je suis revenu à la vie dans le même compartiment, mais le wagon se trouvait à Nantes, sur une voie de garage. Et, naturellement, j'étais tout nu. Que d'ennuis et de vexations il m'a fallu subir : j'en suis encore malade. Par bonheur, je voyageais avec une personne de connaissance qui avait fait parvenir mes effets à domicile.

4 juin. — Rencontré Mélina Badin, l'actrice de l'Argos, qui m'a raconté une histoire absurde. Certains de ses admirateurs ayant tenu à lui céder une parcelle d'existence, elle s'est trouvée, le 15 mai dernier, à la tête de vingt et un tickets. Or, elle prétend les avoir tous utilisés, si bien qu'elle aurait vécu trente-six jours dans le mois. J'ai cru devoir plaisanter :

— Ce mois de mai, qui consent à s'allonger de cinq jours à votre seul usage, est vraiment un mois galant, lui ai-je dit.

Mélina paraissait sincèrement navrée de mon scepticisme. J'incline à croire qu'elle a l'esprit dérangé.

11 juin. — Drame chez les Roquenton. Je n'ai appris la chose que cet après-midi. Le 15 mai dernier, Lucette accueillait chez elle son jeune pommadin à poil blond et, à minuit, ils sombraient dans le néant. A leur retour à la vie, ils ont repris corps dans le lit où ils s'étaient endormis, mais ils ne s'y trouvaient plus seuls, car

Roquenton ressuscitait entre eux deux. Lucette et le blondin ont feint de ne pas se connaître, mais Roquenton trouve que c'est bien invraisemblable.

12 juin. — Les tickets de vie s'achètent à des prix astronomiques et l'on n'en trouve plus à moins de cinq cents francs. Il faut croire que les pauvres gens sont devenus plus avares de leur existence et les riches plus avides. J'en ai acheté dix au début du mois, à deux cents francs pièce et le lendemain de cet achat, je recevais d'Orléans une lettre de mon oncle Antoine qui m'en envoyait neuf. Le pauvre homme souffre si fort de ses rhumatismes qu'il a résolu d'attendre dans le néant une amélioration de son état. Me voici donc à la tête de dix-neuf tickets. Le mois ayant trente jours, j'en ai cinq de trop. Je trouverai sans peine à les vendre.

15 juin. — Hier soir, Maleffroi est monté chez moi. Il était d'excellente humeur. Le fait que certaines personnes déboursent de grosses sommes pour vivre, comme lui, un mois plein, lui a rendu l'optimisme. Il ne fallait rien de moins pour le convaincre que le sort des vivants à part entière est enviable.

20 juin. — Je travaille avec acharnement. S'il fallait en croire certaines rumeurs, Mélina Badin ne serait pas si folle qu'il semble. En effet, nombre de personnes se flattent d'avoir vécu plus de trente et un jours pendant le dernier mois de mai. Pour ma part, j'en ai entendu plusieurs. Il ne manque naturellement pas de gens assez simples pour croire à ces fables.

22 juin. — Usant de représailles à l'égard de Lucette,

Roquenton a acheté au marché noir pour une dizaine de mille francs de tickets qu'il réserve à son usage exclusif. Sa femme est dans le néant depuis dix jours déjà. Je crois qu'il regrette d'avoir été aussi sévère. La solitude paraît lui peser cruellement. Je le trouve changé, presque méconnaissable.

27 juin. — La fable selon laquelle le mois de mai aurait eu des rallonges pour quelques privilégiés, s'accrédite solidement. Laverdon, qui est pourtant un homme digne de foi, m'a affirmé qu'il avait vécu trente-cinq jours en ce seul mois de mai. Je crains que tous ces rationnements de temps n'aient dérangé beaucoup de cervelles.

28 juin. — Roquenton est mort hier matin, vraisemblablement de chagrin. Il ne s'agit pas de mort relative, mais de mort tout court. On l'enterre demain. Le 1er juillet, en revenant à la vie, Lucette va se trouver veuve.

32 juin. — Il faut bien convenir que le temps a des perspectives encore inconnues. Quel casse-tête! Hier matin, j'entre dans une boutique acheter un journal. Il portait la date du 31 juin.

— Tiens, dis-je, le mois a trente et un jours?

La marchande, que je connais depuis des années, me regarde d'un air incompréhensif. Je jette un coup d'œil sur les titres du journal et je lis :

« M. Churchill se rendrait à New York entre le 39 et le 45 juin. »

Dans la rue, j'attrape un bout de conversation entre deux hommes :

— Il faut que je sois à Orléans le 37, dit l'un d'eux.

Un peu plus loin, je tombe sur Bonrivage qui se promène, l'air hagard. Il me fait part de sa stupéfaction. J'essaie de le réconforter. Il n'y a qu'à prendre les choses comme elles viennent. Vers le milieu de l'après-midi, j'avais fait la remarque suivante : les vivants à part entière n'ont pas la moindre conscience d'une anomalie dans le déroulement du temps. Les gens de ma catégorie, qui se sont introduits en fraude dans ce prolongement du mois de juin, sont seuls à être déroutés. Maleffroi, à qui j'ai fait part de mes étonnements, n'y a rien compris et m'a cru maboule. Mais que m'importe ce bourgeonnement de la durée! Depuis hier soir, je suis amoureux fou. Je l'ai rencontrée justement chez Maleffroi. Nous nous sommes vus et, au premier regard, nous nous sommes aimés. Adorable Elisa.

34 juin. — Revu Elisa hier et aujourd'hui. J'ai enfin rencontré la femme de ma vie. Nous sommes fiancés. Elle part demain pour un voyage de trois semaines en zone non occupée. Nous avons décidé de nous marier à son retour. Je suis trop heureux pour parler de mon bonheur, même dans ce *journal*.

35 juin. — Conduit Elisa à la gare. Avant de monter dans son compartiment, elle m'a dit :

— Je ferai l'impossible pour être rentrée avant le 60 juin.

A la réflexion, cette promesse m'inquiète. Car, enfin, j'use aujourd'hui mon dernier ticket de vie. Demain, à quelle date serai-je?

1er juillet. — Les gens auxquels je parle du 35 juin ne comprennent rien à mes paroles. Nulle trace de ces cinq jours dans leur mémoire. Heureusement, j'ai rencontré quelques personnes qui les ont vécus en fraude et j'ai pu en parler avec elles. Conversation d'ailleurs curieuse. Pour moi, nous étions hier le 35 juin. Pour d'autres, c'était hier le 32 ou le 43. Au restaurant, j'ai vu un homme qui a vécu jusqu'au 66 juin, ce qui représente une bonne provision de tickets.

2 juillet. — Croyant Elisa en voyage, je ne voyais aucune raison de me manifester. Un doute m'est venu et j'ai téléphoné chez elle. Elisa déclare ne pas me connaître, ne m'avoir jamais vu. De mon mieux, je lui explique qu'elle a vécu, sans s'en douter, des jours enivrants. Amusée, mais nullement convaincue, elle consent à me voir jeudi. Je suis mortellement inquiet.

4 juillet. — Les journaux sont pleins de « l'Affaire des tickets ». Le trafic des cartes de temps sera le gros scandale de la saison. En raison de l'accaparement des tickets de vie par les riches, l'économie réalisée sur les denrées alimentaires est à peu près nulle. En outre, certains cas particuliers soulèvent une grosse émotion. On cite, entre autres, celui du richissime M. Wadé, qui aurait vécu entre le 30 juin et le 1er juillet, mille neuf cent soixante-sept jours, soit la bagatelle de cinq ans et quatre mois. Rencontré tantôt Yves Mironneau, le célèbre philosophe. Il m'a expliqué que chaque individu vit des milliards d'années, mais que notre conscience n'a sur cet infini que des vues brèves et intermittentes, dont la juxtaposition constitue notre courte existence. Il a dit des choses beaucoup plus subtiles, mais je n'y ai pas compris grand-chose. Il est vrai que j'avais l'esprit ailleurs. Je dois voir Elisa demain.

5 juillet. — Vu Elisa. Hélas! Tout est perdu et je n'ai rien à espérer. Elle n'a d'ailleurs pas douté de la sincérité de mon récit. Peut-être même cette évocation l'a-t-elle touchée, mais sans réveiller en elle aucun sentiment de tendresse ou de sympathie. J'ai cru comprendre qu'elle avait de l'inclination pour Maleffroi. En tout cas, mon éloquence a été inutile. L'étincelle qui a jailli entre nous, le soir du 31 juin, n'était qu'un hasard, celui d'une disposition du moment. Après ça, qu'on vienne me parler d'une affinité des âmes! Je souffre comme un damné. J'espère tirer de ma souffrance un livre qui se vendra bien.

6 juillet. — Un décret supprime la carte de temps. Ça m'est indifférent.

LE DÉCRET

Au plus fort de la guerre, l'attention des puissances belligérantes fut attirée par le problème de l'heure d'été, lequel, semblait-il, n'avait pas été envisagé dans toute son ampleur. On pressentait déjà que rien de sérieux n'avait été entrepris dans cette voie-là et que le génie humain, ainsi qu'il arrive si souvent, s'était laissé imposer par des habitudes. Ce qui, au premier examen, parut le plus remarquable, ce fut l'extraordinaire facilité avec laquelle on avançait l'heure d'été d'une ou deux unités. A la réflexion, rien n'empêchait de l'avancer de douze unités ou de vingt-quatre, voire d'un multiple de vingt-quatre. Peu à peu, l'idée se fit jour que les hommes pouvaient disposer du temps. Sur tous les continents et dans tous les pays, les chefs d'Etat et les ministres se mirent à consulter des traités de philosophie. Dans les conseils de gouvernements, on parlait beaucoup de temps relatif, de temps physiologique, de temps subjectif et même de temps compressible. Il devint évident que la notion de temps, telle que nos ancêtres se l'étaient transmise de millénaire en millénaire était une assez risible balançoire. Le vieux et inexorable dieu Chronos qui avait jusqu'alors imposé la cadence de sa faux, perdit beaucoup de son crédit. Non seulement il devenait exorable au genre humain, mais encore il était tenu de lui obéir, de se mouvoir au rythme qui lui était imposé, de marcher au ralenti ou de prendre le pas gymnastique, pour ne rien dire des vitesses vertigineuses à lui rabattre sa pauvre vieille barbe derrière la nuque. Fini le train de sénateur. En vérité, Chronos était bon à empailler. Les hommes étaient maîtres du temps, et ils allaient le distribuer avec beaucoup plus de fantaisie que n'en avait mis, dans sa trop paisible carrière, le dieu découronné.

Il semble, qu'au début, les gouvernements n'aient tiré qu'un médiocre parti de leur nouvelle conquête. Les essais auxquels il fut secrètement procédé n'aboutirent à rien d'utile (voir la Carte de temps). Cependant, les peuples s'ennuyaient. Quelle que fût leur patrie, les civils devenaient moroses et de mauvais poil. En mordant à leur pain noir ou en buvant des ersatz à la saccharine, ils faisaient des rêves de festins et de tabac. La guerre était longue. On ne savait pas quand elle finirait. Mais finirait-elle un jour? Dans tous les camps on avait foi en la victoire, mais on craignait qu'elle ne se fît attendre. Les dirigeants nourrissaient les mêmes craintes et commençaient à se ronger les poings. Le poids de leurs responsabilités les faisait blanchir. Bien entendu, il ne pouvait être question de faire la paix. L'honneur s'y opposait et d'autres considérations aussi. Ce qui était enrageant, c'était de savoir qu'on disposait du temps, et de ne pas trouver le moyen de le faire travailler pour soi.

Enfin, par l'entremise du Vatican, un accord international fut conclu qui délivrait les peuples du cauchemar de la guerre sans rien changer à l'issue normale des hostilités. Ce fut très simple. On décida que dans le monde entier, le temps serait avancé de dix-sept ans. Ce chiffre tenait compte des possibilités extrêmes de la durée du conflit. Néanmoins, les milieux officiels n'étaient pas tranquilles et craignaient que l'avance ne fût insuffisante. Grâce à Dieu, lorsque, par la vertu d'un décret, le monde eut vieilli tout à coup de dix-sept années, il se trouva que la guerre était finie. Il se trouva aussi qu'on n'en avait pas encore déchaîné une autre. Il en était simplement question.

On pourrait croire que les peuples poussèrent un long cri de joie et de délivrance. Il n'en fut rien. Car personne n'éprouva la sensation d'avoir fait un saut dans le temps. Les événements qui auraient dû se dérouler durant cette longue période si soudainement escamotée, étaient inscrits dans toutes les mémoires. Chacun se souvenait ou plutôt croyait se souvenir de la vie qu'il lui semblait avoir menée pendant ces dix-sept années-là. Les arbres avaient poussé, des enfants étaient venus au monde, des gens étaient morts, d'autres avaient fait fortune ou s'étaient ruinés, les vins avaient pris de la bouteille, des Etats s'étaient écroulés, tout comme si la vie du monde avait pris son temps pour s'accomplir. L'illusion était parfaite.

Pour ma part, je me souviens qu'à l'instant où le décret entra en vigueur, j'étais à Paris, chez moi, assis à ma table et travaillant à un livre dont j'avais écrit les cinquante premières pages. J'entendais ma femme, dans une pièce voisine, parler avec mes deux enfants, Marie-Thérèse et Clovis, âgés de cinq et deux ans. La seconde d'après, je me trouvais au Havre, à la gare maritime, retour d'un voyage au Mexique, qui avait duré trois mois. Quoique assez bien conservé, je commençais à grisonner. Mon livre était achevé depuis bien longtemps et la suite n'était pas moins géniale que le début, à croire que c'était vraiment moi qui l'avais écrite. Et j'avais écrit (il me semblait) douze autres livres qui, je dois le dire, étaient également tombés dans l'oubli (le public est ingrat). Durant mon voyage au Mexique, j'avais reçu régulièrement des nouvelles de ma femme et de mes quatre enfants, dont les deux derniers, Louis et Juliette, étaient venus au monde depuis le décret. Les souvenirs que je gardais de cette existence illusoire n'étaient ni moins sûrs, ni moins attachants que ceux se rapportant à la période antérieure. Je n'avais nullement l'impression d'avoir été frustré de quoi que ce fût, et si je n'avais eu connaissance du décret, je n'aurais certes pas eu le moindre soupçon de mon aventure. En somme, tout se passait, pour le genre humain, comme s'il eût réellement vécu ces dix-sept années qui avaient pourtant tenu dans une fraction de seconde. Et peut-être les avait-il réellement vécues. On a beaucoup disputé sur ce point. Philosophes, mathématiciens, médecins, théologiens, physiciens, métaphysiciens, théosophes, académiciens, mécaniciens, ont écrit à ce propos un grand nombre de thèses, de parathèses, d'antithèses et de synthèses. Dans le train qui me conduisait du Havre à Paris, je fis connaissance de trois brochures qui étudiaient la question. Le grand physicien Philibert Costume, dans un condensé de sa *Théorie des affleurements du temps,* démontrait que les dix-sept années avaient été vécues. Le R. P. Bichon, dans son *Traité de submétrique,* demontrait qu'elles n'avaient pas été vécues. Enfin, M. Bonomet, professeur d'humour à la Sorbonne, dans ses *Considérations sur le rire dans l'Etat,* soutenait que le temps n'avait pas été avancé et que le fameux décret était une farce homérique, imaginée à l'époque par les gouvernements. Pour ma part, cette dernière explication me parut d'un humour un peu forcé et même déplacé sous la plume d'un professeur de la Sorbonne. M. Bonomet, j'en suis persuadé, n'entrera jamais à l'Académie, et ce sera bien fait. Quant à savoir si les dix-sept années avaient été vécues ou non, je ne pus me faire une opinion.

A Paris, je me retrouvai dans un appartement qui m'était familier, mais où je mettais peut-être les pieds pour la première fois. Pendant les fameux dix-sept ans, j'avais en effet déménagé et quitté Montmartre pour venir habiter Auteuil. Ma famille m'attendait chez moi, et je la revis avec joie, mais sans surprise. Réelles ou virtuelles, les années de notre existence comprises dans les parenthèses du temps se liaient aux autres sans nul défaut de continuité, sans même une soudure apparente. Tout était d'un seul tenant. Le spectacle des rues de Paris, encombrées par la circulation automobile, n'avait donc rien qui pût m'étonner. L'éclairage nocturne, les taxis, l'appartement chauffé, la vente libre des marchandises étaient redevenues de vieilles habitudes. Au moment des effusions, ma femme me dit en riant :

— Enfin! depuis plus de dix-sept ans que nous nous sommes vus!

Et, poussant devant elle Louis et Juliette, respectivement âgés de huit et six ans, elle ajouta :

— Je te présente tes deux derniers que tu n'as pas encore le plaisir de connaître.

Mes deux derniers me reconnaissaient du reste parfaitement, et tandis qu'ils se pendaient à mon cou, j'inclinais à croire que le professeur Bonomet n'était pas loin d'avoir raison en affirmant que l'avance du temps n'avait été qu'une galéjade.

Au début de l'été, nous prîmes la résolution d'aller

passer nos vacances sur une plage bretonne. Notre voyage était fixé au 15 juillet. Auparavant, je devais effectuer un court voyage dans le Jura pour me rendre à l'invitation d'un vieil ami, compositeur de musique, qui s'était retiré dans son village natal où il traînait depuis cinq ou six ans une existence de grand malade. Je me souviens, qu'au matin du 2 juillet, veille de mon départ, ayant à faire quelques courses dans le centre de Paris, j'avais emmené Juliette, ma petite fille de six ans. Place de la Concorde, comme nous attendions sur un refuge que s'écoulât le flot des voitures, Juliette me montra du doigt l'hôtel Crillon et l'hôtel de la Marine. Après lui avoir donné les explications qu'elle demandait, je me remémorai avec quelque mélancolie le temps de l'occupation allemande et j'ajoutai, plutôt pour moi-même que pour l'enfant :

— Tu n'étais pas encore née, toi. C'était la guerre. La France était vaincue. Les Allemands occupaient Paris. Leur drapeau flottait sur le ministère de la Marine. Des marins allemands montaient la garde sur le trottoir, là, devant l'entrée. Et sur la place et aux Champs-Elysées, partout, il y avait des uniformes verts. Et les Français qui étaient déjà vieux pensaient qu'ils ne les verraient jamais partir.

Dans la matinée du 3 juillet 1959, je pris le train à la gare de Lyon et j'arrivai à Dôle vers midi. Mon hôte habitait à dix-huit kilomètres de la ville, un village au milieu de la forêt de Chaux. L'autobus qui assurait régulièrement le service partait à midi et demi, mais mal renseigné, je le manquai de quelques minutes. Pour ne pas inquiéter l'ami qui m'attendait, je louai une bicyclette, mais la chaleur était si accablante que je remis mon départ après midi, ce qui me laissa le temps de déjeuner sans me presser. La cuisine était bonne et il y avait un bon vin d'Arbois. Je me flattais de couvrir la distance en une heure. Lorsque je me mis en route, le temps était à l'orage, le ciel se couvrait de gros nuages bas et la chaleur étouffante était à peine plus supportable qu'au début de l'après-midi. En outre, j'étais handicapé par un violent mal de tête que j'attribuai à mon trop copieux repas et à l'excellence de l'arbois. Pressé par la menace de l'orage, je pris un chemin de traverse, en sorte que je me perdis dans la forêt. Après des retours et des détours, je me trouvais, lorsque éclata l'orage, dans un mauvais chemin forestier, où les charrois avaient creusé des ornières profondes durcies par l'été. Je me réfugiai dans le sous-bois, mais la pluie tombait d'une telle violence qu'elle ne tarda pas à traverser le feuillage. J'aperçus alors, au bord d'un sentier, un abri constitué par un toit de fascines posant sur quatre piquets. J'y trouvai un billot en chêne sur lequel je pus m'asseoir assez commodément en attendant la fin de l'orage. Le ciel bas et la pluie serrée hâtaient la tombée du jour, et le couvert de la forêt épaississait l'ombre du crépuscule, illuminée par la clarté bleuâtre des grands éclairs qui faisaient surgir des plans profonds peuplés par les fûts des hauts chênes. Entre les grondements du tonnerre que répercutait longtemps la forêt, j'entendais ce bruissement nombreux et d'abord monotone, mais dont l'oreille apprend à percevoir les multiples variations, de la pluie s'égouttant de feuille en feuille dans les branchages. Harassé, la tête pesante, je luttai un instant contre le sommeil et finis par m'endormir, le front sur mes genoux.

Je fus réveillé par la sensation d'une chute qui, à travers mon sommeil, me parut interminable, comme si j'étais tombé du haut d'un gratte-ciel. L'orage avait cessé, et le jour s'était ranimé. A vrai dire, il ne semblait pas qu'il y eût jamais eu d'orage. Le sol était sec, altéré, et pas plus aux arbres qu'aux buissons ou à la pointe des herbes folles ne brillait la moindre goutte d'eau. La forêt, autour de moi, semblait telle qu'après plusieurs jours de sécheresse. Le ciel qui paraissait au travers des frondaisons était d'un bleu léger, subtil, et non point de ce bleu laiteux qu'on peut voir après une averse. Tout à coup, je m'avisai qu'autour de moi, la forêt avait changé. Ce n'était plus la haute futaie que j'avais trouvée en arrivant, mais un bois planté de jeunes arbres d'une vingtaine d'années. Mon abri de fascines avait disparu ainsi que le gros hêtre auquel il était adossé. Egalement disparu le billot qui m'avait servi de siège tout à l'heure. J'étais assis à même le sol. Plus de sentier non plus. Le seul objet reconnaissable était une haute double borne qui marquait sans doute la limite de quelque partage communal. Je fus presque contrarié de la reconnaître, car la présence de ce témoin ne simplifiait pas le problème. J'essayai de me persuader que ma première vision de ce paysage forestier avait été faussée par la mauvaise lumière. Du reste, je ne m'inquiétai pas autrement de cette singulière transformation. Mon mal de tête s'était dissipé et je sentais dans mes membres et dans tout le corps une aisance inhabituelle, une allégresse physique. Par jeu, j'imaginai que je m'étais égaré dans une forêt de Brocéliande où quelque fée Morgane m'avait enchanté. Prenant ma bicyclette, je regagnai le chemin que j'avais quitté pour me mettre à l'abri. Je m'attendais à le trouver boueux, avec des flaques d'eau et des ornières gluantes. Je dus constater qu'il était sec et rugueux, sans la moindre trace d'humidité. « L'enchantement continue », pensai-je avec bonne humeur. Ayant roulé un quart d'heure, je débouchai sur une petite plaine à la forme d'un rectangle allongé, enclos dans la forêt. Vivement éclairés par le soleil couchant, les toits et le clocher d'un village émergeaient des blés et des prairies. Je quittai mon mauvais chemin pour une route étroite, mais macadamisée, et je pus lire sur une borne kilométrique le nom du village. Ce n'était pas celui que je cherchais.

Un accident survenu à ma roue avant, à deux ou trois cents mètres du village, m'obligea à poursuivre la route à pied. Chemin faisant, j'aperçus à quelques pas d'un bouquet de noisetiers, au bord du fossé, un vieux paysan en contemplation devant un champ de blé. Presque à côté de lui, contre le bouquet de noisetiers qui les avait dissimulés à ma vue, je découvris ensuite deux hommes qui, eux aussi, regardaient le haut blé. Et ces deux hommes portaient les bottes et l'uniforme vert qui était celui des armées allemandes au temps de l'occupation. Je n'en fus pas trop étonné. Ma première pensée fut que ces uniformes oubliés par les Allemands au moment de l'évacuation du territoire, avaient été trouvés par des cultivateurs de l'endroit qui achevaient de les user. Leurs propriétaires actuels, deux gaillards de quarante-cinq ans, à la peau cuite, semblaient bien être des paysans. Pourtant, ils gardaient une allure militaire, et les ceinturons, les calots, les nuques rasées de très près, donnaient à penser. Le vieux semblait ignorer leur voisinage. Grand et sec, il se tenait immobile et très droit, avec cet air de dignité hautaine qu'ont souvent les vieux paysans du Jura. Comme je m'approchais, l'un des hommes en uniforme se tourna vers lui et prononça, sur le ton d'un connaisseur, quelques paroles en langue allemande, louant la belle tenue des épis. Le vieux tourna la tête lentement et fit observer d'une voix unie et paisible :

— Vous êtes foutus. Y a des Américains qui vont arriver. Feriez-mieux de rentrer chez vous tout de suite.

L'autre ne comprenait visiblement pas le sens de ces paroles et souriait de confiance. Comme j'arrivais auprès de lui, le vieux me prit à témoin de sa simplicité.

— Ça ne comprend rien de rien, dit-il. Sortis de leur baragouin, ils n'ont pas plus de conversation que mes sabots. Ce n'est quand même pas du monde civilisé.

Ahuri, je le regardais sans trouver une parole. Je finis par lui demander :

— Voyons, je ne me trompe pas? Ce sont bien des soldats allemands?

— Ça m'en a tout l'air, dit le vieux non sans une certaine ironie.

— Mais comment ça se fait? Qu'est-ce qu'ils font là?

Il me toisa sans bienveillance et faillit laisser ma question sans réponse. Il se ravisa et à son tour m'interrogea :

— Vous arrivez peut-être de la zone libre?

Je balbutiai quelques mots sans suite dans lesquels il voulut reconnaître une réponse affirmative, car il entreprit de m'instruire des conditions de la vie en « zone occupée ». L'esprit en déroute, j'étais incapable de suivre l'enchaînement de ses propos où revenaient à chaque instant ces mots absurdes : zone libre, zone occupée, autorités allemandes, réquisitions, prisonniers, et d'autres non moins ahurissants. Les deux Allemands s'étaient éloignés et cheminaient vers le village, la démarche lourde et balancée des soldats en proie à l'ennui des flâneries sans but. J'interrompis le vieux avec une rageuse brusquerie.

— Mais enfin! m'écriai-je, qu'est-ce que vous me chantez là? Tout ça ne tient pas debout! La guerre est finie depuis des années!

— Depuis des années, ce serait difficile, fit-il observer posément. Il n'y a pas deux ans qu'elle a commencé.

Au village, dans une boutique où un sous-officier allemand choisissait des cartes postales, j'achetai le journal du jour. J'avais posé une pièce sur le comptoir et je ramassai la monnaie machinalement sans la regarder. Le journal était à la date du 3 juillet 1942. Les gros titres : la Guerre en Russie, la Guerre en Afrique, évoquaient des événements dont j'avais été, une fois déjà, contemporain, dont je connaissais le déroulement futur et l'issue finale. Oubliant le lieu je restais planté devant le comptoir, absorbé dans ma lecture. Une paysanne, venue faire des achats, parlait de son fils prisonnier et d'un colis qu'elle préparait pour lui. Le matin même, elle avait reçu une lettre de Prusse-Orientale où il travaillait dans une ferme. Ce que j'entendais n'était pas moins significatif que la date du journal, et pourtant je me refusais encore à en croire mes yeux et mes oreilles. Un homme d'une cinquantaine d'années, portant culottes et leggins, le cheveu soigné, le teint frais, façon gentilhomme campagnard, entra dans la boutique. Aux propos qu'il échangea avec le marchand, je compris qu'il était maire de la commune. J'engageai la conversation avec lui et nous sortîmes ensemble. Prudemment, avec le souci instinctif de ne pas trahir l'irrégularité de ma situation, je lui parlai de l'heure d'été, puis de l'avance du temps. Il me dit avec un gros rire :

— Ah! oui, l'avance du temps. A mon dernier voyage à Dôle, il y a deux mois, le sous-préfet m'en a parlé. Je crois me rappeler aussi que les journaux en ont touché un mot. Une bonne blague pour amuser les gens. Avancer le temps, vous pensez!

Après lui avoir posé quelques questions plus précises,

je crus comprendre, à mon grand soulagement, ce qui s'était passé au village. Par suite d'un oubli de l'administration ou d'une erreur de transmission, le décret de l'avance du temps n'avait pas été notifié à la petite commune qui, perdue au milieu des bois, en était restée à l'ancien régime. J'eus la bouche ouverte pour expliquer au maire ce qu'il y avait de proprement anachronique dans la situation de son village, mais à la dernière seconde, je jugeai plus sage de m'abstenir. Il ne m'aurait pas cru, et je risquais de passer pour fou. La conversation se poursuivit amicalement et comme elle venait à la guerre, j'eus la curiosité de formuler quelques pronostics, lesquels laissèrent mon interlocuteur parfaitement incrédule, l'avenir étant, il est vrai, peu conforme aux probabilités logiques. Avant de nous séparer, il me renseigna sur le chemin à suivre pour gagner la Vieille-Loie, but de mon voyage. Je m'en étais très sensiblement écarté, car il me restait encore treize kilomètres à faire.

— A bicyclette, c'est l'affaire de trois quarts d'heure. Vous pouvez encore arriver avant la nuit, me dit-il.

Comme j'hésitais à prendre la route le soir même, il me représenta que pour un jeune homme tel que moi, une course de treize kilomètres était fort peu de chose, sur quoi je lui fis observer, qu'à cinquante-six ans passés, l'on n'est plus un jeune homme. Il manifesta un vif étonnement et m'affirma que je ne portais pas mon âge, à beaucoup près. Je passai la nuit dans l'unique auberge de l'endroit. Avant de m'endormir, je méditai un moment mon aventure. Le premier étonnement passé, je n'en éprouvai nulle contrariété. Si mon voyage m'avait laissé plus de loisirs, j'aurais aimé passer quelques jours dans ce temps retrouvé et, en compagnie de ces pauvres gens attardés dans la première moitié du siècle, revivre pieusement les malheurs de mon pays. Je me pris ensuite à examiner quelques énigmes proposées par cet exil dans le temps et où mon attention ne s'était pas arrêtée d'abord. Par exemple, il était curieux que le village pût encore recevoir des journaux de Paris et des lettres de soldats prisonniers en Prusse-Orientale. Entre ce village de 1942 et le reste de l'univers qui avait vieilli de dix-sept ans, il existait donc des échanges ou des apparences d'échanges. Les journaux, partis de Paris dix-sept ans plus tôt, dans quelle resserre, dans quel placard du temps étaient-ils restés consignés avant d'arriver à destination? Et ces prisonniers qui n'étaient pas rentrés et qui ne pouvaient plus se trouver en Prusse-Orientale, où étaient-ils? Je m'endormis en songeant à ces mystérieux raccords entre deux époques.

Le lendemain, je m'éveillai de très bonne heure et fis quelques découvertes singulières. Dans ma chambre très sommairement meublée, il n'y avait point de miroir, et je dus, pour me raser, prendre celui de mon nécessaire de voyage. En me regardant dans la glace, je m'aperçus que je n'avais plus cinquante-six ans, mais trente-neuf. Du reste, je me sentais plus d'aisance et de vivacité dans les mouvements. La surprise n'était pas désagréable, mais j'étais troublé. Quelques minutes plus tard, je fis d'autres découvertes. Mes vêtements avaient également rajeuni. Le complet gris que je portais la veille était devenu un autre complet, d'une mode un peu surannée, et que je me rappelais vaguement avoir porté autrefois. Dans mon portefeuille, les billets de banque n'étaient plus ceux qui avaient cours en 1959. Ils avaient été émis en 1941 ou antérieurement à cette date. L'aventure se corsait. Au lieu de traverser en voyageur le temps d'autrefois et d'y être comme un spectateur désintéressé, je m'y intégrais. Rien ne me permettait de croire avec certitude que je réussirais à échapper à cette emprise. Je me rassurai avec des raisons assez fragiles. « Etre d'une époque, pensai-je, c'est sentir l'univers et soi-même d'une certaine manière qui appartient à cette époque. » Je voulais croire, qu'après avoir franchi les limites de la commune, je retrouverais mes yeux et mes sens de l'avant-veille, et que le monde, sans même qu'il eût besoin de changer, m'apparaîtrait sous un autre aspect.

J'arrivai à la Vieille-Loie à sept heures du matin. J'avais hâte de voir mon ami Bornier pour l'entretenir de mes tribulations et d'abord le rassurer, car il avait dû m'attendre. Sur la route, j'avais croisé deux motocyclistes allemands coiffés du casque de campagne, et je m'étais demandé, avec un retour d'inquiétude, si je n'allais pas bientôt réintégrer l'année 1959. Je traversai la moitié du village sans voir d'Allemands, et je reconnus la maison où j'avais rendu visite à mon ami Bornier deux ans plus tôt. Les persiennes étaient closes, la porte du jardin fermée à clef. Je savais qu'il se levait tard, et j'hésitai à l'éveiller, mais j'avais besoin de le voir et de l'entendre. A plusieurs reprises, je l'appelai par son nom. La maison resta silencieuse. Trois jeunes gens qui passaient, la fourche sur l'épaule, entendirent mon appel et s'arrêtèrent au bord de la route. Ils m'informèrent que mon ami était prisonnier en Silésie et qu'on avait eu dernièrement de ses nouvelles par sa femme restée à Paris.

— Il travaille dans une ferme, dit l'un. Ce n'était guère un métier pour lui.

Il y eut un temps de silence. Nous pensions à la mince et frileuse silhouette du compositeur, courbée sur la pioche.

— Mon pauvre Bornier, soupirai-je. Il a déjà passé un hiver bien dur, mais quand je pense à cette congestion pulmonaire qu'il va attraper dans six mois. Misère!

Les trois jeunes gens se regardèrent avec étonnement et s'éloignèrent en silence. Je restai un instant à contempler la maison aux volets fermés. Je me rappelais ma dernière visite à Bornier. Je le revoyais assis à son piano, jouant pour moi sa *Forêt d'angoisse* qu'il venait de composer. Depuis, ma fille l'avait souvent jouée, et j'en avais retenu quelques phrases. Je voulus en fredonner une, en hommage à l'ami qui peinait sur la terre allemande et qui, malade, reviendrait ici pour y composer plus tard l'œuvre à laquelle il ne pensait peut-être pas encore. Mais la voix me manqua. Pris d'un désir panique d'échapper à ce retour du temps, je sautai sur ma bicyclette et m'éloignai en direction de Dôle. Sur mon chemin, j'aperçus encore de nombreux témoignages de l'occupation étrangère. Je pédalais de toute ma vitesse, pressé de quitter cette forêt dont les limites me semblaient être celles du temps retrouvé, comme si l'ombre du sous-bois eût favorisé le réveil sournois des années révolues.

En arrivant à la lisière de la forêt de Chaux, j'éprouvai un immense soulagement, convaincu d'être enfin sorti du cercle enchanté. Aussi, ma déception fut-elle cruelle lorsque à l'entrée de la ville, sur le pont du Doubs, je dépassai une section de fantassins allemands qui rentraient de l'exercice en chantant. Que les villages de la forêt se fussent attardés dans le temps, il y avait là matière à surprise, mais il s'agissait, à mon sentiment, d'une région qui s'était soustraite à l'autorité d'un décret. La raison y trouvait presque son compte. Soudain, le problème changeait non seulement de dimensions, mais d'aspect. Toutes les données en étaient bouleversées.

J'avais quitté, hier, 3 juillet 1959, la ville de Dôle, et j'y revenais le lendemain 4 juillet 1942. Je fus tenté de croire qu'un nouveau décret, au mépris du dogme de l'irréversibilité du temps, avait annulé le premier. Mais, dans ce cas, les habitants de la ville auraient dû, comme moi, se souvenir de leur vie future, et je pus me convaincre qu'il n'en était rien. J'arrivais à cette conclusion baroque qu'il existait simultanément deux villes de Dôle, l'une vivant en 1942, l'autre en 1959. Et sans doute en allait-il ainsi pour le reste du monde. Je n'osais guère espérer que Paris, le Paris où le train m'emmènerait tout à l'heure, appartînt à une autre époque.

Désemparé, je descendis de bécane à l'entrée de la ville et m'assis sur le petit pont du canal des Tanneurs. Je me sentais sans courage pour recommencer une existence déjà vécue. La jeunesse relative que je venais de retrouver ne me tentait pas du tout.

« Illusion, pensais-je. La jeunesse qui n'a rien à découvrir n'est pas la jeunesse. Avec ce champ de dix-sept années qui s'ouvre devant moi, mais dix-sept années déjà explorées, connues, j'ai plus d'expérience que tous les vieillards de France et de Navarre. Je suis un pauvre vieil homme. Il n'est pour moi lendemains ni hasards. Mon cœur ne battra plus de l'attente des jours à venir. Je suis un vieux. Me voilà réduit à la triste condition d'un dieu. Pendant dix-sept ans, il n'y aura pour moi que des certitudes. Je ne connaîtrai plus l'espoir. » Avant de prendre le train, je voulus rendre ma bicyclette, mais le magasin de cycles qui me l'avait donnée en location n'existait pas encore. L'emplacement était occupé par un magasin de parapluies. Le marchand, un jeune homme d'entre vingt-cinq et trente ans, se tenait sur le pas de sa porte. Par acquit de conscience, je lui demandai s'il ne connaissait pas, dans la ville, un marchand de cycles nommé Jean Druet.

— Ça n'existe pas ici, me dit-il. Je le saurais. Mais ce qui est drôle, c'est que moi aussi, je m'appelle Jean Druet.

— En effet, le hasard est curieux, dis-je. Et vous n'avez pas l'intention ou le désir de vendre un jour des bicyclettes?

Il se mit à rire de bon cœur. Visiblement, l'idée qu'il pût vendre un jour des bécanes lui paraissait des plus cocasses.

— Non, merci, ce n'est pas un métier qui me tenterait. Remarquez, je n'en dis pas de mal, mais les bicyclettes, ça ne ressemble guère à des parapluies.

Tandis qu'il parlait ainsi, je comparais à ce jeune visage frais et rieur, un autre visage de dix-sept ans plus âgé, dont un lupus déformait tout un côté.

Au départ du train, j'avais encore quelque espoir de retrouver Paris à l'époque où je l'avais laissé.

Mon aventure était si étrange, que je me sentais en droit de compter un peu sur l'absurde, mais le train avançait dans un univers rigoureux et fidèle à lui-même. Dans la campagne et dans toutes les gares où nous nous arrêtions, j'apercevais des militaires allemands qui n'avaient pas l'air d'hésiter entre deux époques. Aux propos de mes compagnons de voyage, dont certains avaient quitté Paris depuis moins d'une semaine, il était clair que la capitale en était encore à l'an 1942. Je me résignais, mais douloureusement. Dans ce compartiment de chemin de fer, je retrouvais vraiment l'atmosphère pesante des années de guerre et d'occupation. Ni à Dôle où je ne m'étais arrêté qu'un instant, ni dans les villages de la forêt de Chaux, l'actualité n'avait cette présence oppressante. Ici, les conversations étaient toutes aux soucis de l'heure ou y venaient par quelque détour. On parlait des chances de la guerre, des prisonniers, des difficultés de la vie, du marché noir, de la zone libre, de Vichy, de la misère. Le cœur serré, j'entendais des voyageurs s'entretenir de l'évolution des événements mondiaux et ajuster leur propre destin à des probabilités qu'ils tenaient pour des certitudes. Moi qui savais, j'aurais voulu les détromper, mais la vérité, trop fantaisiste, ne m'offrait pas la ressource de ces arguments rigoureux, impeccables, sur lesquels se fondait la conviction de mes voisins. Une vieille dame assise à côté de moi me confia qu'elle venait à Paris chercher son petit-fils, un enfant de neuf ans, demeurant à Auteuil, dont les privations avaient fait un prétuberculeux. Les parents le lui confiaient pour les vacances, mais exigeaient qu'il rentrât en octobre, à cause de ses études. Elle comptait plaider encore la cause des poumons malades.

A la gare de Lyon, avant même que le train ne fût arrêté, mon regard accrocha la silhouette d'un gendarme allemand qui se promenait sur le quai. Paris était occupé. A vrai dire, je n'avais pas eu besoin de ce témoignage de mes yeux pour en être certain. J'avais quitté le wagon et je me dirigeais vers la sortie, lorsque je m'aperçus que j'avais oublié mon chapeau. Rebroussant chemin, je le retrouvai dans le compartiment abandonné et découvris en même temps que la vieille dame, ma voisine de banquette, avait oublié un colis assez volumineux. Je le pris avec l'espoir de rejoindre sa propriétaire, mais elle n'était pas à la sortie, et je ne la trouvai pas non plus au métro où je pensais qu'elle m'avait devancé, puisqu'elle se rendait comme moi, à Auteuil. Je laissai passer deux rames pour lui laisser le temps d'arriver et, montant dans la troisième, je m'assis en face d'un officier allemand.

Chargé du colis de la vieille dame, j'arrive à Auteuil à huit heures du soir. Il fait encore grand jour, mais c'est en vain que je cherche ma maison. Au lieu de l'immeuble neuf où j'ai élu domicile en 1950, il n'y a qu'un mur de clôture laissant apercevoir des arbres. Je me souviens alors que mon appartement est encore à Montmartre, rue Lamarck, où il me reste huit ans à passer. Je reprends le métro.

Rue Lamarck, une bonne dont le nom oublié me revient soudain, m'ouvre la porte. Elle me demande si j'ai fait bon voyage. Je lui réponds avec une sympathie apitoyée en songeant que l'année prochaine, un nègre de la place Pigalle l'enlèvera à sa cuisine pour la jeter au trottoir. Il est neuf heures du soir. Ma femme, qui ne m'attend pas, achève de dîner. Elle a reconnu ma voix, elle accourt dans le vestibule. De la voir tout à coup si jeune, à peine vingt-huit ans, je suis attendri et en la pressant contre moi, les larmes me montent aux yeux.

Mais pour elle qui ne se souvient pas de m'avoir vu l'avant-veille avec dix-sept années de plus, je n'ai pas changé, et je sens bien que mon émotion la surprend un peu. Dans la salle de bains où je procède à une toilette rapide, elle m'interroge sur mon voyage dans la Gironde et, à l'instant de lui répondre la mémoire me revient de ce voyage que je fis autrefois à la même date. Je lui rapporte les menus incidents survenus en cours de route et, il me semble, dans les termes mêmes dont je me suis servi jadis. J'ai du reste l'impression de n'être pas absolument maître de mes paroles, mais d'en subir la nécessité en m'y prêtant un peu, comme si je jouais un rôle. Ma femme me parle de

Clovis qui dort dans la chambre voisine, et de la difficulté de trouver pour lui des farines lactées. Il se porte bien, mais pour un enfant de quatorze mois, il n'a pas tout à fait le poids normal. Avant-hier, quand j'ai quitté Paris, Clovis était en train de passer les épreuves écrites de son baccalauréat. Je ne demande pas de nouvelles de Louis et de Juliette, les deux derniers. Je sais qu'ils n'existent pas. Il me faut attendre neuf ans la naissance de Louis et onze ans la naissance de Juliette. Dans le train, j'ai beaucoup pensé à cette absence, je m'y suis préparé et maintenant je m'y résigne mal. Je finis pas interroger en usant d'une formule prudente : « Et les autres enfants? » Ma femme hausse les sourcils d'un air significatif et je m'empresse d'ajouter : « Oui, les enfants de Lucien. » Mais je suis mal tombé, car mon frère Lucien ne doit prendre femme que dans deux ans et n'a pas encore d'enfants. Je rectifie aussitôt en déclarant que la langue m'a fourché et qu'il faut entendre Victor au lieu de Lucien. Ce lapsus m'inquiète un peu. Je crains qu'à propos de choses plus importantes, il m'arrive de mêler ainsi deux époques.

Dans le couloir, nous nous arrêtons auprès de Marie-Thérèse, que la bonne emporte dans ses bras pour la mettre au lit. L'aînée de mes enfants, qui était hier fiancée, est aujourd'hui une petite fille de trois ans. J'avais beau m'attendre à ce changement, j'éprouve une vive déception, et ma tendresse paternelle hésite un peu. Entre elle et moi, alors qu'elle était une grande jeune fille, il existait des correspondances, des moyens de compréhension, qui ne sont plus possibles avec une enfant si jeune. J'aurai, il est vrai, d'autres joies. Je me console aussi en pensant que Marie-Thérèse a encore devant elle de longues années d'enfance, réputées les plus belles.

Nous passons à la salle à manger et ma femme s'excuse de la frugalité du repas.

— Tu ne vas pas faire un très bon dîner. Ces jours-ci on ne trouve rien. Heureusement, j'ai eu tout à l'heure, chez Brunet, deux œufs et un demi-saucisson.

Je m'entends lui dire :

— A propos, j'ai réussi à trouver là-bas quelques provisions. Pas autant que j'aurais voulu, mais c'est toujours ça.

J'annonce une douzaine d'œufs, une livre de beurre, cent grammes de vrai café, un confit d'oie et une petite bouteille d'huile. Dans le vestibule où je l'ai posé en entrant, je vais chercher le colis oublié dans le train par la vieille dame et je l'ouvre sans aucune appréhension. Il contient exactement ce que je viens d'annoncer. Je n'éprouve pas non plus le moindre remords. Il fallait que ce colis vînt entre mes mains et fût ouvert ici, à cette heure, en présence de ma femme. C'était dans l'ordre, et je ne fais qu'obéir à la nécessité. Je doute même que le colis ait appartenu à la vieille dame. Le chapeau oublié dans le compartiment m'apparaît maintenant comme l'une des mille ruses du destin pour me ressaisir et me remettre dans les moindres plis d'une existence déjà vécue.

Je suis au dessert lorsque la porte d'entrée s'ouvre et se ferme avec fracas. Une voix jure dans le vestibule.

— C'est l'oncle Tom qui est encore ivre, dit ma femme.

C'est vrai, j'avais oublié l'oncle Tom. L'an dernier, la maison qu'il habitait en Normandie a été détruite par un bombardement, sa femme a été tuée en fuyant l'invasion, ses deux fils sont prisonniers. Il s'est réfugié chez nous et, pour oublier son malheur, il passe au café le plus clair de son temps. L'alcool, qu'il supporte mal, le rend hargneux et bruyant. Aussi, sa présence nous est-elle de plus en plus pesante. Mais ce soir, bien qu'il exhale une mauvaise humeur agressive, je l'accueille avec beaucoup de patience et d'indulgence. L'oncle Tom doit mourir dans trois mois et je me souviens de son agonie. Il réclamait ses fils prisonniers et répétait à chaque instant : « Je veux retourner en France. »

J'ai passé la nuit tout d'un somme et sans rêves. En m'éveillant, je n'ai pas éprouvé cette sensation de dépaysement que je redoutais la veille. L'appartement m'est redevenu tout à fait familier. J'ai joué avec les enfants sans trop d'arrières-pensées. La présence de Juliette et de son frère Louis m'a manqué, mais moins cruellement qu'hier au soir, et le souvenir de leurs visages d'enfants est en moi comme un espoir. Il me semble, et c'est peut-être une illusion, que ma mémoire de l'avenir est déjà moins sûre. Ce matin, j'ai lu les journaux avec intérêt. Bien que l'issue des événements en cours me soit déjà connue, je me souviens confusément des étapes et des tournants du conflit.

J'ai pris le métro jusqu'à la Madeleine et je me suis promené dans la ville, mais le spectacle de la rue ne m'a pas étonné. Par-delà les dix-sept ans écoulés, le présent se soude au passé. Place de la Concorde, j'ai revu les marins allemands montant la garde à l'hôtel de la Marine et je n'ai pas regretté l'absence de ma fille Juliette.

Au cours de cette matinée, j'ai fait plusieurs rencontres assez surprenantes. Celle qui m'a le plus impressionné fut celle de mon grand ami, le peintre D... Nous nous sommes trouvés nez à nez au coin de la rue de l'Arcade et de la rue des Mathurins. J'ai eu un sourire de contentement et j'ai failli lui tendre la main, mais il m'a regardé sans prêter attention à mon sourire d'ami et a passé son chemin. Je me suis souvenu à temps qu'il devait s'écouler dix ans avant que nous fassions connaissance. J'aurais pu courir après lui et trouver un prétexte pour me présenter, mais je ne sais quel respect humain ou quelle soumission à la fatalité m'en a empêché et c'est sans conviction que je me suis promis d'avancer le temps de notre amitié sans égard à l'ordre fixé par le destin. Pourtant, je peux mesurer ma déception et mon impatience à la tristesse où m'a jeté cet incident.

Un instant plus tôt, j'avais rencontré Jacques Sariette, le fiancé de ma fille Marie-Thérèse. Il tenait un cerceau et donnait la main à sa mère. Je m'arrêtai auprès de Mme Sariette qui m'entretint de ses enfants et de Jacques en particulier. L'excellente femme, non moins soucieuse que son mari de travailler au relèvement moral de la France, me confia qu'ils avaient voué le petit garçon à l'état ecclésiastique. Je lui dis qu'ils avaient bien raison. Dans le métro qui me ramenait à Montmartre, je me suis trouvé en compagnie de Roger L..., un garçon d'une trentaine d'années pour lequel je n'ai jamais eu grande sympathie. Il est très déprimé et me confie qu'il est dans une situation extrêmement difficile. Je regarde avec curiosité cet être minable qui, dans une dizaine d'années, se trouvera à la tête d'une fortune colossale, malhonnêtement gagnée à de scandaleux trafics. Tandis qu'il me parle de sa misère présente, je le revois dans sa future opulence, triomphant avec la légendaire muflerie dont il se fera gloire. Pour l'instant, c'est un pauvre homme à la mine souffreteuse, aux yeux tristes, à la voix humble et peureuse. Je suis partagé entre la compassion et le dégoût que m'inspire sa brillante carrière.

L'après-midi de ce même jour, je restai chez moi et pris dans un tiroir mon ouvrage en train dont j'avais déjà écrit la valeur d'une cinquantaine de pages. Connaissant trop bien les pages qui devaient venir à la suite de celles-ci, je n'avais aucun goût à y travailler et je pensais avec découragement que pendant dix-sept années, ma vie allait être un rabâchage insipide, un pensum fastidieux. Je ne me sentais plus de curiosité que pour le mystère de ces bonds et de ces retours à travers le temps. Encore les conclusions auxquelles j'arrivais étaient-elles singulièrement déprimantes. La veille, j'avais déjà envisagé l'existence simultanée de deux univers décalés l'un sur l'autre de dix-sept ans. J'acceptais maintenant le cauchemar d'une infinité d'univers où le temps représentait le déplacement de ma conscience d'un univers à l'autre, puis à un autre. Trois heures : je prends connaissance de l'univers où je figure tenant un porte-plume. Trois heures et une seconde, je prends connaissance de cet autre univers où je figure posant mon porte-plume, etc... Un jour, le genre humain, en une seule étape, franchit ce qu'on est convenu d'appeler une période de dix-sept années. Moi seul, après ce bond collectif, par je ne sais quelle inspiration, je refais l'étape en sens inverse.

Tous ces mondes qui multipliaient ma personne à l'infini s'étendaient à mes yeux dans une écœurante perspective. La tête lourde, je finis par m'endormir sur ma table.

Il y aura bientôt un mois que j'ai noté le récit de mon aventure et à le relire aujourd'hui, j'éprouve le regret très vif de n'avoir pas été plus précis. Je me reproche de n'avoir pas su prévoir ce qui m'est arrivé depuis. Durant ces quelques semaines, je me suis si bien remboîté dans notre triste époque, que j'ai perdu la mémoire de l'avenir. J'ai oublié, heur ou malheur, tout ce qui doit être ma vie au cours des dix-sept années qui vont suivre. J'ai oublié les visages de mes enfants qui sont encore à naître. Je ne sais plus rien du sort de la guerre. Je ne sais plus quand ni comment elle finira. J'ai tout oublié et un jour viendra peut-être où je douterai d'avoir vécu ces tribulations. Les souvenirs de mon existence future, consignés dans ces feuillets, sont si peu de chose que, s'il m'est donné plus tard d'en vérifier l'exactitude, je pourrai croire à de simples pressentiments. En ouvrant les journaux, en songeant aux événements politiques, j'essaie de réveiller ma mémoire, avec la volonté de sortir d'angoisse, mais toujours en vain.

C'est à peine si de temps à autre et de plus en plus rarement j'éprouve la très banale sensation du déjà vu.

LE PROVERBE

Dans la lumière de la suspension qui éclairait la cuisine, M. Jacotin voyait d'ensemble la famille courbée sur la pâture et témoignant, par des regards obliques, qu'elle redoutait l'humeur du maître. La conscience profonde qu'il avait de son dévouement et de son abnégation, un souci étroit de justice domestique, le rendaient en effet injuste et tyrannique, et ses explosions d'homme sanguin, toujours imprévisibles, entretenaient à son foyer une atmosphère de contrainte qui n'était du reste pas sans l'irriter.

Ayant appris dans l'après-midi qu'il était proposé pour les palmes académiques, il se réservait d'en informer les siens à la fin du dîner. Après avoir bu un verre de vin sur sa dernière bouchée de fromage, il se disposait à prendre la parole, mais il lui sembla que l'ambiance n'était pas telle qu'il l'avait souhaitée pour accueillir l'heureuse nouvelle. Son regard fit lentement le tour de la table, s'arrêtant d'abord à l'épouse dont l'aspect chétif, le visage triste et peureux lui faisaient si peu honneur auprès de ses collègues. Il passa ensuite à la tante Julie qui s'était installée au foyer en faisant valoir son grand âge et plusieurs maladies mortelles et qui, en sept ans, avait coûté sûrement plus d'argent qu'on n'en pouvait attendre de sa succession. Puis vint le tour de ses deux filles, dix-sept et seize ans, employées de magasin à cinq cents francs par mois, pourtant vêtues comme des princesses, montres-bracelets, épingles d'or à l'échancrure, des airs au-dessus de leur condition, et on se demandait où passait l'argent, et on s'étonnait. M. Jacotin eut soudain la sensation atroce qu'on lui dérobait son bien, qu'on buvait la sueur de ses peines et qu'il était ridiculement bon. Le vin lui monta un grand coup à la tête et fit flamber sa large face déjà remarquable au repos par sa rougeur naturelle.

Il était dans cette disposition d'esprit lorsque son regard s'abaissa sur son fils Lucien, un garçon de treize ans qui, depuis le début du repas, s'efforçait de passer inaperçu. Le père entrevit quelque chose de louche dans la pâleur du petit visage. L'enfant n'avait pas levé les yeux, mais, se sentant observé, il tortillait avec ses deux mains un pli de son tablier noir d'écolier.

— Tu voudrais bien le déchirer? jeta le père d'une voix qui s'en promettait. Tu fais tout ce que tu peux pour le déchirer?

Lâchant son tablier, Lucien posa les mains sur la table. Il penchait la tête sur son assiette sans oser chercher le réconfort d'un regard de ses sœurs et tout abandonné au malheur menaçant.

— Je te parle, dis donc. Il me semble que tu pourrais me répondre. Mais je te soupçonne de n'avoir pas la conscience bien tranquille.

Lucien protesta d'un regard effrayé. Il n'espérait nullement détourner les soupçons, mais il savait que le père eût été déçu de ne pas trouver l'effroi dans les yeux de son fils.

— Non, tu n'as sûrement pas la conscience tranquille. Veux-tu me dire ce que tu as fait cet après-midi?

— Cet après-midi, j'étais avec Pichon. Il m'avait dit qu'il passerait me prendre à deux heures. En sortant d'ici, on a rencontré Chapusot qui allait faire des commissions. D'abord, on a été chez le médecin pour son oncle qui est malade. Depuis avant-hier, il se sentait des douleurs du côté du foie...

Mais le père comprit qu'on voulait l'égarer sur de l'anecdote et coupa :

— Ne te mêle donc pas du foie des autres. On n'en fait pas tant quand c'est moi qui souffre. Dis-moi plutôt où tu étais ce matin.

— J'ai été voir avec Fourmont la maison qui a brûlé l'autre nuit dans l'avenue Poincaré.

— Comme ça, tu as été dehors toute la journée? Du matin jusqu'au soir? Bien entendu, puisque tu as passé ton jeudi à t'amuser, j'imagine que tu as fait tes devoirs?

Le père avait prononcé ces dernières paroles sur un ton doucereux qui suspendait tous les souffles.

— Mes devoirs? murmura Lucien.

— Oui, tes devoirs.

— J'ai travaillé hier soir en rentrant de classe.

— Je ne te demande pas si tu as travaillé hier soir. Je te demande si tu as fait tes devoirs pour demain.

Chacun sentait mûrir le drame et aurait voulu l'écarter, mais l'expérience avait appris que toute intervention en pareille circonstance ne pouvait que gâter les choses et changer en fureur la hargne de cet homme violent. Par politique, les deux sœurs de Lucien feignaient de suivre l'affaire distraitement, tandis que la mère, préférant ne pas assister de trop près à une scène pénible, fuyait vers un placard. M. Jacotin lui-même au bord de la colère, hésitait encore à enterrer la nouvelle des palmes académiques. Mais la tante Julie, mue par de généreux sentiments, ne put tenir sa langue.

— Pauvre petit, vous êtes toujours après lui. Puisqu'il vous dit qu'il a travaillé hier soir. Il faut bien qu'il s'amuse aussi.

Offensé, M. Jacotin répliqua avec hauteur :

— Je vous prierai de ne pas entraver mes efforts dans l'éducation de mon fils. Etant son père, j'agis comme tel et j'entends le diriger selon mes conceptions. Libre à vous, quand vous aurez des enfants, de faire leurs cent mille caprices.

La tante Julie, qui avait soixante-treize ans, jugea qu'il y avait peut-être de l'ironie à parler de ses enfants à venir. Froissée à son tour, elle quitta la cuisine. Lucien la suivit d'un regard ému et la vit un moment, dans la pénombre de la salle à manger luisante de propreté, chercher à tâtons le commutateur. Lorsqu'elle eut refermé la porte, M. Jacotin prit toute la famille à témoin qu'il n'avait rien dit qui justifiât un tel départ et il se plaignit de la perfidie qu'il y avait à le mettre en situation de passer pour un malotru. Ni ses filles, qui s'étaient mises à desservir la table, ni sa femme, ne purent se résoudre à l'approuver, ce qui eût peut-être amené une détente. Leur silence lui fut un nouvel outrage. Rageur, il revint à Lucien :

— J'attends encore ta réponse, toi. Oui ou non, as-tu fait tes devoirs?

Lucien comprit qu'il ne gagnerait rien à faire traîner les choses et se jeta à l'eau.

— Je n'ai pas fait mon devoir de français.

Une lueur de gratitude passa dans les yeux du père. Il y avait plaisir à entreprendre ce gamin-là.

— Pourquoi, s'il te plaît?

Lucien leva les épaules en signe d'ignorance et même d'étonnement, comme si la question était saugrenue.

— Je le moudrais, murmura le père en le dévorant du regard.

Un moment, il resta silencieux, considérant le degré d'abjection auquel était descendu ce fils ingrat qui, sans aucune raison avouable et apparemment sans remords, négligeait de faire son devoir de français.

— C'est donc bien ce que je pensais, dit-il, et sa voix se mit à monter avec le ton du discours. Non seulement tu continues, mais tu persévères. Voilà un devoir de français que le professeur t'a donné vendredi dernier pour demain. Tu avais donc huit jours pour le faire et tu n'en as pas trouvé le moyen. Et si je n'en avais pas parlé, tu allais en classe sans l'avoir fait. Mais le plus fort, c'est que tu auras passé tout ton jeudi à flâner et à paresser. Et avec qui? avec un Pichon, un Fourmont, un Chapusot, tous les derniers, tous les cancres de la classe. Les cancres dans ton genre. Qui se ressemble s'assemble. Bien sûr que l'idée ne te viendrait pas de t'amuser avec Béruchard. Tu te croirais déshonoré d'aller jouer avec un bon élève. Et d'abord, Béruchard n'accepterait pas, lui. Béruchard, je suis sûr qu'il ne s'amuse pas. Et qu'il ne s'amuse jamais. C'est bon pour toi. Il travaille, Béruchard. La conséquence, c'est qu'il est toujours dans les premiers. Pas plus tard que la semaine dernière, il était trois places devant toi. Tu peux compter que c'est une chose agréable pour moi qui suis toute la journée au bureau avec son père. Un homme pourtant moins bien noté que moi. Qu'est-ce que c'est que Béruchard? je parle du père. C'est l'homme travailleur, si on veut, mais qui manque de capacités. Et sur les idées politiques, c'est bien pareil que sur la besogne. Il n'a jamais eu de conceptions. Et Béruchard, il le sait bien. Quand on discute de choses et d'autres, devant moi, il n'en mène pas large. N'empêche, s'il vient à me parler de son gamin qui est toujours premier en classe, c'est lui qui prend le dessus quand même. Je me trouve par le fait dans une position vicieuse. Je n'ai pas la chance, moi, d'avoir un fils comme Béruchard. Un fils premier en français, premier en calcul. Un fils qui rafle tous les prix. Lucien, laisse-moi ce rond de serviette tranquille. Je ne tolérerai pas que tu m'écoutes avec des airs qui n'en sont pas. Oui ou non, m'as-tu entendu? ou si tu veux une paire de claques pour t'apprendre que je suis ton père? Paresseux, voyou, incapable! Un devoir de français donné depuis huit jours! Tu ne me diras pas que si tu avais pour deux sous de cœur ou que si tu pensais au mal que je me donne, une pareille chose se produirait. Non, Lucien, tu ne sais pas reconnaître. Autrement que ça, ton devoir français, tu l'aurais fait. Le mal que je me donne, moi, dans mon travail. Et les soucis et l'inquiétude. Pour le présent et pour l'avenir. Quand j'aurai l'âge de m'arrêter, personne pour me donner de quoi vivre. Il vaut mieux compter sur soi que sur les autres. Un sou, je ne l'ai jamais demandé. Moi, pour m'en tirer, je n'ai jamais été chercher le voisin. Et je n'ai jamais été aidé par les miens. Mon père ne m'a pas laissé étudier. Quand j'ai eu douze ans, en apprentissage. Tirer la charrette et par tous les temps. L'hiver, les engelures, et l'été, la chemise qui collait sur le dos. Mais toi, tu te prélasses. Tu as la chance d'avoir un père qui soit trop bon. Mais ça ne durera pas. Quand je pense. Un devoir de français. Fainéant, sagouin! Soyez bon, vous serez toujours faible. Et moi tout à l'heure qui pensais vous mener tous, mercredi prochain, voir jouer *Les Burgraves*. Je ne me doutais pas de ce qui m'attendait en rentrant chez moi. Quand je ne suis pas là, on peut être sûr que c'est l'anarchie. C'est les devoirs pas faits et tout ce qui s'ensuit dans toute la maison. Et, bien entendu, on a choisi le jour...

Le père marqua un temps d'arrêt. Un sentiment délicat, de pudeur et de modestie, lui fit baisser les paupières.

— Le jour où j'apprends que je suis proposé pour les palmes académiques. Oui, voilà le jour qu'on a choisi.

Il attendit quelques secondes l'effet de ses dernières paroles. Mais, à peine détachées de la longue apostrophe, elles semblaient n'avoir pas été comprises. Chacun les avait entendues, comme le reste du discours, sans en pénétrer le sens. Seule, Mme Jacotin, sachant qu'il attendait depuis deux ans la récompense de services rendus, en sa qualité de trésorier bénévole, à la société locale de solfège et de philharmonie (l'U.N.S.P.), eut l'impression que quelque chose d'important venait de lui échapper. Le mot de palmes académiques rendit à ses oreilles un son étrange mais familier, et fit surgir pour elle la vision de son époux coiffé de sa casquette de musicien honoraire et à califourchon sur la plus haute branche d'un cocotier. La crainte d'avoir été inattentive lui fit enfin apercevoir le sens de cette fiction poétique et déjà elle ouvrait la bouche et se préparait à manifester une joie déférente. Il était trop tard. M. Jacotin, qui se délectait amèrement de l'indifférence des siens, craignit qu'une parole de sa femme ne vînt adoucir l'injure de ce lourd silence et se hâta de la prévenir.

— Poursuivons, dit-il avec un ricanement douloureux. Je disais donc que tu as eu huit jours pour faire ce devoir de français. Oui, huit jours. Tiens, j'aimerais savoir depuis quand Béruchard l'a fait. Je suis sûr qu'il n'a pas attendu huit jours, ni six, ni cinq. Ni trois, ni deux. Béruchard, il l'a fait le lendemain. Et veux-tu me dire ce que c'est que ce devoir?

Lucien, qui n'écoutait pas, laissa passer le temps de répondre. Son père le somma d'une voix qui passa trois portes et alla toucher la tante Julie dans sa chambre. En chemise de nuit et la mine défaite, elle vint s'informer.

— Qu'est-ce qu'il y a? Voyons, qu'est-ce que vous lui faites, à cet enfant? Je veux savoir, moi.

Le malheur voulut qu'en cet instant M. Jacotin se laissât dominer par la pensée de ses palmes académiques. C'est pourquoi la patience lui manqua. Au plus fort de ses colères, il s'exprimait habituellement dans un langage décent. Mais le ton de cette vieille femme recueillie chez lui par un calcul charitable et parlant avec ce sans-gêne à un homme en passe d'être décoré, lui parut une provocation appelant l'insolence.

— Vous, répondit-il, je vous dis cinq lettres.

La tante Julie béa, les yeux ronds, encore incrédules, et comme il précisait ce qu'il fallait entendre par cinq lettres, elle tomba évanouie. Il y eut des cris de frayeur dans la cuisine, une longue rumeur de drame avec remuement de bouillottes, de soucoupes et de flacons. Les sœurs de Lucien et leur mère s'affairaient auprès de la malade avec des paroles de compassion et de réconfort, dont chacune atteignait cruellement M. Jacotin. Elles évitaient de le regarder, mais quand par hasard leurs visages se tournaient vers lui, leurs yeux étaient durs. Il se sentait coupable et, plaignant la vieille fille, regrettait sincèrement l'excès de langage auquel il s'était laissé aller. Il aurait souhaité s'excuser, mais la réprobation qui l'entourait si visiblement durcissait son orgueil. Tandis qu'on emportait la tante Julie dans sa chambre, il prononça d'une voix haute et claire :

— Pour la troisième fois, je te demande en quoi consiste ton devoir de français.

— C'est une explication, dit Lucien. Il faut expliquer le proverbe : « Rien ne sert de courir, il faut partir à point. »

— Et alors? Je ne vois pas ce qui t'arrête là-dedans.

Lucien opina d'un hochement de tête, mais son visage était réticent.

— En tout cas, file me chercher tes cahiers, et au travail. Je veux voir ton devoir fini.

Lucien alla prendre sa serviette de classe qui gisait dans un coin de la cuisine, en sortit un cahier de brouillon et écrivit au haut d'une page blanche : « Rien ne sert de courir, il faut partir à point. » Si lentement qu'il eût écrit, cela ne demanda pas cinq minutes. Il se mit alors à sucer son porte-plume et considéra le proverbe d'un air hostile et buté.

— Je vois que tu y mets de la mauvaise volonté dit le père. A ton aise. Moi, je ne suis pas pressé. J'attendrai toute la nuit s'il le faut.

En effet, il s'était mis en position d'attendre commodément. Lucien, en levant les yeux, lui vit un air de quiétude qui le désespéra. Il essaya de méditer sur son proverbe : « Rien ne sert de courir, il faut partir à point. » Pour lui, il y avait là une évidence ne requérant aucune démonstration, et il songeait avec dégoût à la fable de La Fontaine : *Le Lièvre et la Tortue.* Cependant, ses sœurs, après avoir couché la tante Julie, commençaient à ranger la vaisselle dans le placard et, si attentives fussent-elles à ne pas faire de bruit, il se produisait des heurts qui irritaient M. Jacotin, lui semblant qu'on voulût offrir à l'écolier une bonne excuse pour ne rien faire. Soudain, il y eut un affreux vacarme. La mère venait de laisser tomber sur l'évier une casserole de fer qui rebondit sur le carrelage.

— Attention, gronda le père. C'est quand même agaçant. Comment voulez-vous qu'il travaille, aussi, dans une foire pareille? Laissez-le tranquille et allez-vous-en ailleurs. La vaisselle est finie. Allez vous coucher.

Aussitôt les femmes quittèrent la cuisine. Lucien se sentit livré à son père, à la nuit, et songeant à la mort à l'aube sur un proverbe, il se mit à pleurer.

— Ça t'avance bien, lui dit son père. Gros bête, va!

La voix restait bourrue, mais avec un accent de compassion, car M. Jacotin, encore honteux du drame qu'il avait provoqué tout à l'heure, souhaitait racheter sa conduite par une certaine mansuétude à l'égard de son fils. Lucien perçut la nuance, il s'attendrit et pleura plus fort. Une larme tomba sur le cahier de brouillon, auprès du proverbe. Emu, le père fit le tour de la table en traînant une chaise et vint s'asseoir à côté de l'enfant.

— Allons, prends-moi ton mouchoir et que ce soit fini. A ton âge, tu devrais penser que si je te secoue, c'est pour ton bien. Plus tard, tu diras : « Il avait raison. » Un père qui sait être sévère, il n'y a rien de meilleur pour l'enfant. Béruchard, justement, me le disait hier. C'est une habitude, à lui, de battre le sien. Tantôt c'est les claques ou son pied où je pense, tantôt le martinet ou bien le nerf de bœuf. Il obtient de bons résultats. Sûr que son gamin marche droit et qu'il ira loin. Mais battre un enfant, moi, je ne pourrais pas, sauf bien sûr comme ça une fois de temps en temps. Chacun ses conceptions. C'est ce que je disais à Béruchard. J'estime qu'il vaut mieux faire appel à la raison de l'enfant.

Apaisé par ces bonnes paroles, Lucien avait cessé de pleurer et son père en conçut de l'inquiétude.

— Parce que je te parle comme à un homme, tu ne vas pas au moins te figurer que ce serait de la faiblesse?

— Oh! non, répondit Lucien avec l'accent d'une conviction profonde.

Rassuré, M. Jacotin eut un regard de bonté. Puis, considérant d'une part le proverbe, d'autre part l'embarras de son fils, il crut pouvoir se montrer généreux à peu de frais et dit avec bonhomie :

— Je vois bien que si je ne mets pas la main à la pâte, on sera encore là à quatre heures du matin. Allons, au travail. Nous disons donc : « Rien ne sert de courir, il faut partir à point. » Voyons. Rien ne sert de courir...

Tout à l'heure, le sujet de ce devoir de français lui avait paru presque ridicule à force d'être facile. Maintenant qu'il en avait assumé la responsabilité, il le voyait d'un autre œil. La mine soucieuse, il relut plusieurs fois le proverbe et murmura :

— C'est un proverbe.

— Oui, approuva Lucien qui attendait la suite avec une assurance nouvelle.

Tant de paisible confiance troubla le cœur de M. Jacotin. L'idée que son prestige de père était en jeu le rendit nerveux.

— En vous donnant ce devoir-là, demanda-t-il, le maître ne vous a rien dit?

— Il nous a dit : surtout, évitez de résumer *Le Lièvre et la Tortue.* C'est à vous de trouver un exemple. Voilà ce qu'il a dit.

— Tiens, c'est vrai, fit le père. *Le Lièvre et la Tortue,* c'est un bon exemple. Je n'y avais pas pensé.

— Oui, mais c'est défendu.

— Défendu, bien sûr, défendu. Mais alors, si tout est défendu...

Le visage un peu congestionné, M. Jacotin chercha une idée ou au moins une phrase qui fût un départ. Son imagination était rétive. Il se mit à considérer le proverbe avec un sentiment de crainte et de rancune. Peu à peu, son regard prenait la même expression d'ennui qu'avait eue tout à l'heure celui de Lucien.

Enfin, il eut une idée qui était de développer un sous-titre de journal, « La Course aux armements », qu'il avait lu le matin même. Le développement venait bien : une nation se prépare à la guerre depuis longtemps, fabriquant canons, tanks, mitrailleuses et avions. La nation voisine se prépare mollement, de sorte qu'elle n'est pas prête du tout quand survient la guerre et qu'elle s'efforce vainement de rattraper son retard. Il y avait là toute la matière d'un excellent devoir.

Le visage de M. Jacotin, qui s'était éclairé un moment, se rembrunit tout d'un coup. Il venait de songer que sa religion politique ne lui permettait pas de choisir un exemple aussi tendancieux. Il avait trop d'honnêteté pour humilier ses convictions, mais c'était tout de même dommage. Malgré la fermeté de ses opinions, il se laissa effleurer par le regret de n'être pas inféodé à un parti réactionnaire, ce qui lui eût permis d'exploiter son idée avec l'approbation de sa conscience. Il se ressaisit en pensant à ses palmes académiques, mais avec beaucoup de mélancolie.

Lucien attendait sans inquiétude le résultat de cette méditation. Il se jugeait déchargé du soin d'expliquer le proverbe et n'y pensait même plus. Mais le silence qui s'éternisait lui faisait paraître le temps long. Les paupières lourdes, il fit entendre plusieurs bâillements prolongés. Son père, le visage crispé par l'effort de la recherche, les perçut comme autant de reproches et sa nervosité s'en accrut. Il avait beau se mettre l'esprit à la torture, il ne trouvait rien. La course aux armements le gênait. Il semblait qu'elle se fût soudée au proverbe et les efforts qu'il faisait pour l'oublier lui en imposaient justement la pensée. De temps en temps, il levait sur son fils un regard furtif et anxieux.

Alors qu'il n'espérait plus et se préparait à confesser son impuissance, il lui vint une autre idée. Elle se présentait comme une transposition de la course aux armements dont elle réussit à écarter l'obsession. Il s'agissait encore d'une compétition, mais sportive, à laquelle se préparaient deux équipes de rameurs, l'une méthodiquement, l'autre avec une affectation de négligence.

— Allons, commanda M. Jacotin, écris.

A moitié endormi, Lucien sursauta et prit son porte-plume.

— Ma parole, tu dormais?

— Oh! non. Je réfléchissais. Je réfléchissais au proverbe. Mais je n'ai rien trouvé.

Le père eut un petit rire indulgent, puis son regard devint fixe et, lentement, il se mit à dicter :

— Par ce splendide après-midi d'un dimanche d'été, virgule, quels sont donc ces jolis objets verts à la forme allongée, virgule, qui frappent nos regards? On dirait de loin qu'ils sont munis de longs bras, mais ces bras ne sont autre chose que des rames et les objets verts sont en réalité deux canots de course qui se balancent mollement au gré des flots de la Marne.

Lucien, pris d'une vague anxiété, osa lever la tête et eut un regard un peu effaré. Mais son père ne le voyait pas, trop occupé à polir une phrase de transition qui allait lui permettre de présenter les équipes rivales. La bouche entrouverte, les yeux mi-clos, il surveillait ses rameurs et les rassemblait dans le champ de sa pensée. A tâtons, il avança la main vers le porte-plume de son fils.

— Donne. Je vais écrire moi-même. C'est plus commode que de dicter.

Fiévreux, il se mit à écrire d'une plume abondante. Les idées et les mots lui venaient facilement, dans un ordre commode et pourtant exaltant, qui l'inclinait au lyrisme. Il se sentait riche, maître d'un domaine magnifique et fleuri. Lucien regarda un moment, non sans un reste d'appréhension, courir sur son cahier de brouillon la plume inspirée et finit par s'endormir sur la table. A onze heures, son père le réveilla et lui tendit le cahier.

— Et maintenant, tu vas me recopier ça posément. J'attends que tu aies fini pour relire. Tâche de mettre la ponctuation, surtout.

— Il est tard, fit observer Lucien. Je ferais peut-être mieux de me lever demain matin de bonne heure?

— Non, non. Il faut battre le fer pendant qu'il est chaud. Encore un proverbe, tiens.

M. Jacotin eut un sourire gourmand et ajouta :

— Ce proverbe-là, je ne serais pas en peine de l'expliquer non plus. Si j'avais le temps, il ne faudrait pas me pousser beaucoup. C'est un sujet de toute beauté. Un sujet sur lequel je me fais fort d'écrire mes douze pages. Au moins, est-ce que tu le comprends bien?

— Quoi donc?

— Je te demande si tu comprends le proverbe : « Il faut battre le fer pendant qu'il est chaud. »

Lucien, accablé, faillit céder au découragement. Il se ressaisit et répondit avec une grande douceur :

— Oui, papa. Je comprends bien. Mais il faut que je recopie mon devoir.

— C'est ça, recopie, dit M. Jacotin d'un ton qui trahissait son mépris pour certaines activités d'un ordre subalterne.

Une semaine plus tard, le professeur rendait la copie corrigée.

— Dans l'ensemble, dit-il, je suis loin d'être satisfait. Si j'excepte Béruchard à qui j'ai donné treize, et cinq ou six autres tout juste passables, vous n'avez pas compris le devoir.

Il expliqua ce qu'il aurait fallu faire, puis, dans le tas des copies annotées à l'encre rouge, il en choisit trois qu'il se mit à commenter. La première était celle de Béruchard, dont il parla en termes élogieux. La troisième était celle de Lucien.

— En vous lisant, Jacotin, j'ai été surpris par une façon d'écrire à laquelle vous ne m'avez pas habitué et qui m'a paru si déplaisante que je n'ai pas hésité à vous coller un trois. S'il m'est arrivé souvent de blâmer la sécheresse de vos développements, je dois dire que vous êtes tombé cette fois dans le défaut contraire. Vous avez trouvé le moyen de remplir six pages en restant constamment en dehors du sujet. Mais le plus insupportable est ce ton endimanché que vous avez cru devoir adopter.

Le professeur parla encore longuement du devoir de Lucien, qu'il proposa aux autres élèves comme le modèle de ce qu'il ne fallait pas faire. Il en lut à haute voix quelques passages qui lui semblaient particulièrement édifiants. Dans la classe, il y eut des sourires, des gloussements et même quelques rires soutenus. Lucien était très pâle. Blessé dans son amour-propre, il l'était aussi dans ses sentiments de piété filiale.

Pourtant il en voulait à son père de l'avoir mis en situation de se faire moquer par ses camarades. Elève médiocre, jamais sa négligence ni son ignorance ne l'avaient ainsi exposé au ridicule. Qu'il s'agît d'un devoir de français, de latin ou d'algèbre, il gardait jusque dans ses insuffisances un juste sentiment des convenances et même des élégances écolières. Le soir où, les yeux rouges de sommeil, il avait recopié le brouillon de M. Jacotin, il ne s'était guère trompé sur l'accueil qui serait fait à son devoir. Le lendemain, mieux éveillé, il avait même hésité à le remettre au professeur, resssentant alors plus vivement ce qu'il contenait de faux et de discordant, eu égard aux habitudes de la classe. Et au dernier moment, une confiance instinctive dans l'infaillibilité de son père l'avait décidé.

Au retour de l'école, à midi, Lucien songeait avec rancune à ce mouvement de confiance pour ainsi dire religieuse qui avait parlé plus haut que l'évidence. De quoi s'était mêlé le père en expliquant ce proverbe? A coup sûr, il n'avait pas volé l'humiliation de se voir flanquer trois sur vingt à son devoir de français. Il y avait là de quoi lui faire passer l'envie d'expliquer les proverbes. Et Béruchard qui avait eu treize. Le père aurait du mal à s'en remettre. Ça lui apprendrait.

A table, M. Jacotin se montra enjoué et presque gracieux. Une allégresse un peu fiévreuse animait son regard et ses propos. Il eut la coquetterie de ne pas poser dès l'abord la question qui lui brûlait les lèvres et que son fils attendait. L'atmosphère du déjeuner n'était pas très différente de ce qu'elle était d'habitude. La gaieté du père, au lieu de mettre à l'aise les convives, était plutôt une gêne supplémentaire. Mme Jacotin et ses filles essayaient en vain d'adopter un ton accordé à la bonne humeur du maître. Pour la tante Julie, elle se fit un devoir de souligner par une attitude maussade et un air de surprise offensée tout ce que cette bonne humeur offrait d'insolite aux regards de la famille. M. Jacotin le sentit lui-même, car il ne tarda pas à s'assombrir.

— Au fait, dit-il avec brusquerie. Et le proverbe? Sa voix trahissait une émotion qui ressemblait plus à de l'inquiétude qu'à de l'impatience. Lucien sentit qu'en cet instant il pouvait faire le malheur de son père. Il le regardait maintenant avec une liberté qui lui livrait le personnage. Il comprenait que, depuis de longues années, le pauvre homme vivait sur le sentiment de son infaillibilité de chef de famille et, qu'en expliquant le proverbe, il avait engagé le principe de son infaillibilité dans une aventure dangereuse. Non seulement le tyran domestique allait perdre la face devant les siens, mais il perdrait du même coup la considération qu'il avait pour sa propre personne. Ce serait un effondrement. Et dans la cuisine, à table, face à la tante Julie qui épiait toujours une revanche, ce drame qu'une simple parole pouvait déchaîner avait déjà une réalité bouleversante. Lucien fut effrayé par la faiblesse du père et son cœur s'attendrit d'un sentiment de pitié généreuse.

— Tu es dans la lune? Je te demande si le professeur a rendu mon devoir? dit M. Jacotin.

— Ton devoir? Oui, on l'a rendu.

— Et quelle note avons-nous eue?

— Treize.

— Pas mal. Et Béruchard?

— Treize.

— Et la meilleure note était?

— Treize.

Le visage du père s'était illuminé. Il se tourna vers la tante Julie avec un regard insistant, comme si la note treize eût été donnée malgré elle. Lucien avait baissé les yeux et regardait en lui-même avec un plaisir ému. M. Jacotin lui toucha l'épaule et dit avec bonté :

— Vois-tu, mon cher enfant, quand on entreprend un travail, le tout est d'abord d'y bien réfléchir. Comprendre un travail, c'est l'avoir fait plus qu'aux trois quarts. Voilà justement ce que je voudrais te faire entrer dans la tête une bonne fois. Et j'y arriverai. J'y mettrai tout le temps nécessaire. Du reste, à partir de maintenant et désormais, tous tes devoirs de français, nous les ferons ensemble.

LÉGENDE POLDÈVE

Il y avait dans la ville de Cstwertskst, une vieille demoiselle nommée Marichella Borboïé, qui s'était acquis justement une grande réputation de piété et de virginité. Elle entendait au moins une messe par jour, communiait deux fois par semaine, donnait largement pour le denier du culte, brodait des nappes d'autel et distribuait des aumônes aux pauvres les plus recommandables. Portant le noir en toute saison, ne parlant aux hommes que dans le cas d'extrême nécessité et toujours les yeux baissés, elle n'inspirait aucune de ces mauvaises pensées qui induisent au péché de luxure et les ignorait pour son compte. Enfin, comme pour lui permettre de s'accomplir en perfection, Dieu lui avait envoyé une grande et douloureuse épreuve où elle semblait justement, miracle d'un cœur fervent, nourrir sa piété.

Mlle Borboïé avait élevé avec les soins les plus tendres et les plus vigilants un neveu orphelin, prénommé Bobislas. Cet aimable enfant, qui promettait beaucoup et qu'elle destinait au notariat, la vieille fille, dans sa simplicité et sur la réputation des maîtres de cet établissement, l'avait confié au lycée de l'Etat où il n'avait pas tardé à se pervertir. Son année de philosophie, comme il arrive trop souvent sous la direction de maîtres athées, lui fut particulièrement funeste. Il n'y apprit le mécanisme des passions humaines que pour mieux s'asservir aux siennes et utiliser celles d'autrui. Il se mit à fumer, à boire et à regarder les femmes avec des yeux tout brillants d'une vilaine concupiscence. Comme il n'avait jamais ces yeux-là en regardant la vieille demoiselle, et qu'il avait le vin assez gai pour le faire passer au compte de la bonne humeur, elle ne soupçonnait même pas que son neveu fût en train de se dévoyer. Au sortir du lycée, Bobislas entra chez un notaire de Cstwertskst pour s'y former à la pratique du métier, et ce fut au cours de son stage que sa noirceur se dévoila. Un après-midi que le notaire s'était absenté, Bobislas déroba de l'argent dans la caisse et viola la notairesse et ses deux servantes, les obligeant ensuite à l'accompagner à la cave pour s'y saouler avec lui à la vodka et à plusieurs vins. Par bonheur, les sept filles du notaire ne se trouvaient pas à la maison ce jour-là, mais le dommage n'en était pas moins appréciable. Le mari outragé et volé chassa le stagiaire et se plaignit à Mlle Borboïé.

La vieille demoiselle, le cœur broyé par la révélation d'une perversité aussi précoce, offrit sa douleur à Dieu et entreprit courageusement de remettre son neveu dans le bon chemin. Ce fut peine perdue. Ayant essayé dix métiers, et ne s'étant tenu à aucun, le misérable roula de déchéance en déchéance. Dans la ville de Cstwertskst, il n'était bruit que de sa mauvaise conduite, de ses orgies, de ses querelles, des jeunes filles et des épouses qu'il condamnait à la honte et au déshonneur, et des filles de rien avec lesquelles il s'acoquinait. Pendant cinq ans, Mlle Borboïé voulut croire qu'il s'amenderait un jour et lui prodigua inlassablement les bons conseils et les pieuses exhortations avec tout l'argent qu'il fallait pour les faire fructifier. A la fin, elle comprit que ses libéralités ne servaient qu'à entretenir son neveu dans le péché et compta sur les leçons de la nécessité pour le faire rentrer dans le devoir. Un soir qu'il venait lui demander de l'argent, elle eut le courage de dire non.

Les choses en étaient là lorsque la guerre éclata. Depuis longtemps, le peuple poldève vivait en mauvaise intelligence avec son voisin le peuple molleton. A chaque instant, de nouvelles contestations s'élevaient entre les deux grands Etats qui avaient d'autant moins de chances de s'entendre qu'ils avaient raison tous les deux. La situation était déjà très tendue, lorsqu'un grave incident mit le feu aux poudres. Un petit garçon de Molletonie pissa délibérément par-dessus la frontière et arrosa le territoire poldève avec un sourire sardonique. C'en était trop pour l'honneur du peuple poldève dont la conscience se révolta, et la mobilisation fut aussitôt décrétée.

Il se fit un grand remuement dans la ville de Cstwertskst. Les hommes furent appelés pour défendre la patrie en danger et les dames se mirent à tricoter des chandails. Mlle Borboïé se distingua par un tricot aussi serré qu'abondant, et ce fut elle qui fit brûler à l'église les plus gros cierges pour la victoire des armes poldèves. Bobislas, qui atteignait sa vingt-huitième année, fut mobilisé sur place au régiment de hussards qui tenait garnison dans la ville. Tout flambant sous son uniforme et ses buffleteries, le bonnet à poil sur la tête et quatre pieds de sabre battant au jarret, il prit aussitôt une conscience exagérée de son importance et de ses prérogatives de glorieux défenseur du territoire poldève. Son audace et son insolence ne connurent presque plus de bornes. En attendant de marcher au combat, la guerre n'était pour lui que ripailles, ribotes et parties de plaisir et, sous prétexte qu'il allait se faire casser la figure pour les civils, ses exigences à leur égard devenaient chaque jour plus exorbitantes. Il n'y avait, en la ville, femme ou fille sur laquelle il n'osât porter le regard et la main, les poursuivant et les pressant jusqu'à l'église et dans leurs maisons mêmes, puisant sans vergogne dans la bourse d'un père ou d'un époux terrifié, détroussant au besoin les passants sous couleur de les faire contribuer à la défense du pays. Mlle Borboïé, qui avait jusqu'alors gardé un reste de tendresse à ce neveu dévoyé, se prit à le haïr avec toute l'ardeur et toutes les forces dont la vertu peut seule se montrer capable en face d'une créature incarnant les vices les plus bas. Cette haine, qu'elle considérait comme l'un de ses devoirs les plus saints, n'empêchait pas le soudard de lui rendre visite. Un chapelet d'abominables jurements l'annonçait du bout de la rue où demeurait la vieille demoiselle. Titubant, son grand sabre cognant et s'embarrassant à tous les meubles, sans autre bonjour qu'un blasphème, il lui signifiait, éructant et braillant, qu'elle eût à sortir son argent et à se hâter. Plusieurs fois même, comme elle tardait à s'exécuter, il avait à moitié dégainé son bancal et menacé la sainte fille de la partager en deux dans le sens de la longueur.

Enfin, après six mois de cette vie de voyou et de coupe-jarret, le hussard Bobislas fut embarqué dans un wagon avec son cheval et expédié tout droit au front. Ce fut dans la ville de Cstwertskst un immense soupir de soulagement, et si grande était la joie des bonnes gens, que le jour de son départ il y eut un très beau communiqué qui passa inaperçu. Pour Mlle Borboïé, il lui sembla naître à une vie nouvelle, de douceur et de lumière. Elle retrouvait, en récitant ses prières, des accents d'une suavité enfantine, et les ailes des séraphins bruissaient dans les rêves de ses nuits.

Six mois s'étaient écoulés depuis le départ de Bobislas et les armes poldèves avaient connu des fortunes diverses, lorsqu'une épidémie de grippe infectieuse exerça ses ravages dans la ville de Cstwertskst. Mlle Borboïé fut des premières atteintes et vit venir la mort avec sérénité. Ayant fait son testament en faveur des plus saintes œuvres de la contrée et reçu les derniers sacrements avec une dévotion lucide, elle mourut à cinq heures du matin en prononçant le nom de Dieu et, le bruit s'en étant répandu en ville, on tomba généralement d'accord que la vieille demoiselle souperait le soir avec les anges du Paradis.

En arrivant en vue des Portes du Ciel, Mlle Borboïé eut un étrange spectacle dont le sens lui échappa d'abord. Les chemins d'accès étaient encombrés par des colonnes de militaires défilant bruyamment entre deux rangées de civils couchés ou assis sur les talus et qui contemplaient les soldats d'un regard sombre et désabusé. Mlle Borboïé trottinait sans inquiétude au flanc de la colonne montante, lorsqu'elle s'entendit appeler par son nom. Tournant la tête, elle reconnut, parmi les civils assis au bord de la route, le notaire dont Bobislas avait déshonoré l'épouse. Le bonhomme, qui l'avait précédée dans la tombe d'une quinzaine de jours, vint lui présenter ses compliments et, avec un sourire de bienveillante ironie, s'informa où elle allait de ce pas pressé.

— Je vais, dit-elle, rendre mes comptes.

— Hélas! soupira le notaire, le temps de rendre nos comptes n'est pas près d'arriver.

— C'est vous qui le dites. Je voudrais bien savoir pourquoi on me refuserait...

— La chose est simple, et vous n'avez qu'à ouvrir les yeux pour être renseignée. Depuis que la guerre fait rage sur les frontières poldèves, il n'y en a ici que pour les militaires. Ils entrent au Ciel en colonnes par quatre et sans le moindre examen, sans aucune considération des péchés qu'ils ont pu commettre.

— Est-ce possible? murmura la vieille fille. Mais ce serait affreux...

— Rien n'est plus juste, au contraire. Ceux qui meurent pour une cause sacrée ont bien mérité d'entrer au Ciel. C'est justement le cas des soldats poldèves qui, luttant pour le bon droit, ont mis Dieu de leur côté. Et c'est aussi le cas des combattants de Molletonie. On ne nous le disait pas, mais Dieu est avec eux aussi. Tout ça fait beaucoup de monde, et j'ai peur que la guerre dure encore longtemps. Des deux côtés, le moral des troupes est élevé et les généraux n'ont jamais eu autant de génie. Il ne faut pas compter qu'on s'occupe de nous avant la fin de la guerre. Trop heureux encore si nos dossiers n'ont pas été égarés dans la pagaïe.

Mlle Borboïé fut d'abord très déprimée par les révélations du notaire. Après réflexion, elle douta qu'il eût dit vrai. De son vivant assez honnête homme, il n'avait jamais fait preuve d'un grand zèle pour les choses de la religion et s'était acquis en outre la réputation d'être aussi avare que gourmand. Il n'en faut pas tant pour damner son âme.

Les soldats, à pied ou à cheval, s'engouffraient en chantant sous les resplendissantes Portes du Ciel, dont les abords, largement dégagés, formaient une grande esplanade. Près des portes et les dominant, saint Pierre, assis sur un nuage, surveillait l'entrée des troupes et en faisait le décompte. Mlle Borboïé, avec l'inconscience de la bonne conscience, gagna hardiment le milieu de l'esplanade. Un archange vint à sa rencontre et lui dit d'une voix infiniment suave qui était déjà comme une musique du Paradis :

— Vieille, retournez-vous-en. Vous savez bien que l'esplanade est interdite aux civils.

— Bel ange, vous ne savez pas qui je suis, sans doute. Je suis Mlle Borboïé, de Cstwertskst. J'ai soixante-huit ans, je suis vierge encore, et je crois avoir vécu toujours dans l'amour et dans la crainte du saint nom de Dieu. Le curé de ma paroisse, qui était mon directeur de conscience...

En étalant innocemment ses titres à l'indulgence du tribunal, elle continuait d'avancer et malgré les protestations de l'archange qui tentait vainement de l'interrompre.

— Mais puisque je vous dis que l'esplanade...

— ... Prière du matin, action de grâces, puis messe de six heures par tous les temps. Après la messe, invocation spéciale à saint Joseph et remerciement à la Vierge. Chapelet à dix heures, suivi de la lecture d'un chapitre des Evangiles. *Benedicite* à midi...

En dépit des consignes, l'archange ne se défendait plus de lui prêter une oreille attentive. Pour ces créatures célestes, rien n'est plus attachant ni plus passionnant que l'énumération des mérites et des œuvres d'une vieille fille dévote. L'intérêt que nous prenons ici-bas à la lecture d'un roman d'Alexandre Dumas ne nous donne même pas la plus faible idée du frisson d'angoisse délicieuse qui les saisit à l'énoncé de ces mille petits efforts quotidiens vers le bien.

— Ecoutez, dit ce bon archange, votre cas me paraît intéressant. Je veux tenter quelque chose pour vous.

Il conduisit Mlle Borboïé au pied du nuage où trônait saint Pierre et, s'enlevant d'un coup d'aile, alla parler à l'oreille droite du glorieux Porte-Clés qui l'écouta attentivement, sans toutefois quitter du regard le défilé des soldats.

C'était presque chose faite, il allait lever la consigne en faveur de Mlle Borboïé, lorsqu'un autre archange vint lui prendre l'oreille gauche et l'informer que la grande offensive de printemps était commencée sur la frontière poldève. Saint Pierre fit un grand geste qui semblait balayer tous les civils de la création et se mit à rugir des commandements.

Refoulée parmi les civils dans le chemin par où elle était venue, Mlle Borboïé, le cœur plein d'une affreuse angoisse, remontait maintenant le défilé des troupes qui se pressaient déjà plus nombreuses. Fantassins, pionniers, chasseurs, dragons, canonniers, cheminaient dans un ordre approximatif, les armes parfois mêlées, et une haute rumeur montait de cette grande armée en marche. Les gradés criaient des ordres, les soldats chantaient, s'injuriaient d'homme à homme et entre formations, interpellaient les civils, plaisantaient les femmes, et beuglaient en chœur de ces chansons obscènes qui appartiennent aux traditions héroïques. Parfois, un embouteillage bloquait l'interminable file. Les rangs butaient les uns sur les autres, et le désordre et l'attente soulevaient des orages d'imprécations sans fin, les artilleurs insultant les fantassins qui s'en prenaient aux dragons ou aux grenadiers. Assourdie par le tintamarre, Mlle Borboïé n'était pas loin de penser qu'elle fût déjà en enfer. Hébétée, elle marchait le long de la route et plus souvent dans le fossé, cherchant parmi la foule des civils apathiques le notaire de Cstwertskst ou quelque autre personne de connaissance dont la compagnie pût lui être un réconfort dans cette épreuve. Plusieurs fois, il lui arriva de recevoir en pleine face un refrain ignoble, corné à cent voix. Enfin, lasse et désespérée, elle s'assit au revers du fossé, le visage inondé de larmes.

Un engorgement, qui s'était produit à quelque distance dans le défilé des troupes, bloqua un peloton de hussards, en face de Mlle Borboïé. Précédant sa troupe, un vieux capitaine à moustache blanche portait fièrement sous son bras sa tête coiffée du colback des hussards et calmait l'impatience de sa monture. Agacé lui-même par l'attente qui se prolongeait, il piqua sa tête au bout de son sabre et l'éleva ainsi à bras tendu pour voir ce qui se passait en avant. Et soudain, une exclamation indignée et retentissante attira l'attention de Mlle Borboïé.

— Tonnerre de Cstwertskst! criait le vieux capitaine. C'est encore ces cochons de tringlots qui ont fait le coup! M'en doutais! Salopards! feignants! Ça monte à cheval comme des gendarmes à pied! M'a foutu des tringlots en Paradis! Pourquoi pas des employés du gaz? Mille tonnerres de Cstwertskst!

Et tous les hussards de sa suite, dressés sur leurs étriers, se prirent à hurler :

— A bas les tringlots! Tous les tringlots, c'est des salauds! En enfer, les tringlots!

Quand les voix se furent ainsi accordées, ils entonnèrent un hymne à leur propre gloire et qui commençait ainsi :

Quand le hussard de Cstwertskst
Arrive en garnison
Toutes les filles de Cstwertskst
Se mettent à leurs balcons...

Mlle Borboïé ne pouvait plus douter qu'elle eût devant elle les hussards de la garnison de Cstwertskst. Elle reconnut en effet le vieux capitaine à moustache blanche pour l'avoir vu bien souvent traîner son sabre sur les pavés de la ville. Il avait même une maîtresse, une fille sans mœurs, à laquelle il achetait des fourrures et des robes de soie. La vieille demoiselle frémit en songeant que les Portes du Ciel étaient ouvertes à un homme coupable d'avoir eu une maîtresse. Parcourant les rangs du regard, elle y découvrit encore plusieurs figures de connaissance, celle, entre autres, d'un jeune sous-lieutenant, joli comme une fille. Il se plaisait dans la compagnie de beaux garçons comme lui, et l'on rapportait sur son compte des choses qu'elle ne comprenait pas bien, mais qu'elle jugeait suspectes, car les dames en parlaient en baissant la voix. Cela n'empêchait pas qu'il allât droit en Paradis lui aussi.

Mlle Borboïé en était à examiner les derniers rangs, et un grand cri lui échappa, un cri de stupeur indignée. Dans le cavalier qui se tenait en serre-file, à la queue du peloton, elle venait de reconnaître son vaurien de neveu Bobislas. Alors, un mouvement de révolte la dressa au bord du fossé. Ce voyou sans cœur et sans honneur, ce bandit, ce débauché cynique adonné aux vices les plus honteux, la gloire du Paradis lui était offerte sans discussion, alors qu'elle-même attendrait des années à la porte pour s'en voir refuser peut-être l'accès. En songeant à sa petite existence de vieille fille, à ses prières et à ses bonnes œuvres, le sentiment de révolte qui emplissait son cœur céda à un découragement profond qui semblait définitif. Cependant, Bobislas l'avait reconnue et poussait son cheval au bord de la route.

— Tiens, dit-il, voilà la viocque! Comme on se retrouve...

La viocque, expression poldève qui signifie littéralement la vieille, comporte une intention péjorative des plus irrespectueuses. Sur les lèvres de Bobislas, elle n'allait pas sans quelque rancune.

— C'est drôle qu'on soit crevé tous les deux en même temps, poursuivit-il. Comme vous voyez, je n'ai pas si mal tourné que vous vouliez bien le dire. Cette fois, mon avenir est assuré. A ce que je crois comprendre, vous ne pouvez pas en dire autant, hein?

Mlle Borboïé ne put supporter la cruauté de cette ironie et cacha son visage dans ses mains pour pleurer. Alors, Bobislas s'attendrit et lui dit avec un accent de bonté :

— Allons, ne pleurez pas. Au fond, je ne suis pas si mauvais cheval que j'en ai l'air. Tenez, je m'en vais vous tirer d'ennui. Montez derrière moi.

Mlle Borboïé hésitait à comprendre, mais comme la colonne était sur le point de s'ébranler, Bobislas se pencha et, la prenant dans ses bras, l'installa à califourchon derrière lui.

— Prenez-moi par la taille et serrez-moi bien, et n'ayez pas peur de montrer vos cuisses. On n'en perdra pas la vue, allez. A part ça, qu'est-ce qu'il y a de nouveau à Cstwertskst?

— Le notaire est mort. Je l'ai aperçu tout à l'heure au bord de la route.

— Pauvre type. Je lui avais pourtant volé sa femme, vous vous rappelez?

Mlle Borboïé était loin d'être à l'aise et se demandait si elle n'allait pas prier Bobislas de la laisser descendre. Pour une vieille demoiselle munie des sacrements de l'Eglise, c'était une étrange situation que de se trouver chevauchant en croupe d'un hussard, au milieu d'une troupe de soudards qui riaient de la voir en cet appareil. Mais ce n'était pas le pire, il s'en fallait de loin. Quand on a derrière soi toute une vie consommée dans la recherche des perfections chrétiennes, c'est une honte bien cuisante de devoir son salut à un sacripant souillé des péchés les plus noirs. Et c'en est une autre, non moins cuisante, de se dire qu'on entre au Ciel par ruse et par artifice.

— Pas vu, pas pris, disait Bobislas. Serrez-moi bien.

« Les desseins de la Providence sont impénétrables », songeait Mlle Borboïé avec un soupçon d'hypocrisie. Les chevaux allaient au petit pas, et des haltes fréquentes prolongeaient encore son supplice. Enfin la troupe des cavaliers déboucha sur l'esplanade, face aux Portes du Ciel. Les trompettes célestes attaquèrent la marche des hussards de Cstwertskst, et la tête du peloton s'engagea sous la voûte. Trônant sur son nuage, saint Pierre surveillait l'entrée d'un œil vigilant.

— Faites-vous toute petite, souffla Bobislas.

La recommandation était superflue. Ratatinée par la honte et par la frayeur, Mlle Borboïé, dans ses vêtements noirs, ressemblait à un paquet de hardes oublié sur la croupe du cheval. Déjà, la bête atteignait à la porte et y engageait l'encolure, mais, venant du nuage, une grande voix l'empêcha d'aller plus avant :

— Hé là, militaire, arrêtez! s'écriait saint Pierre.

Qu'est-ce que c'est que cette femme que vous avez prise en croupe?

De terreur, la vieille fille, qui ne se soutenait plus, failli choir à bas de la monture. Le cavalier Bobislas se souleva légèrement sur ses étriers et, d'un mouvement aisé, se tournant à saint Pierre avec une inclination du colback, répondit d'une voix mâle et pleine d'assurance :

— C'est la catin du régiment!

— Ah! bon... Passez...

Mlle Borboïé dévora dans un sanglot cette humiliation suprême mais, la seconde d'après, elle n'y pensa plus, car elle était déjà entrée au Royaume de Dieu, où les pourquoi et les comment ne signifient plus rien du tout.

LE PERCEPTEUR D'ÉPOUSES

Il y avait dans la petite ville de Nangicourt, un percepteur nommé Gauthier-Lenoir, qui avait du mal à payer ses impôts. Sa femme dépensait beaucoup d'argent chez le coiffeur et la couturière, à cause d'un joli lieutenant du train des équipages qui passait tous les matins à cheval devant sa maison et qu'elle croisait plusieurs fois dans l'après-midi sur les trottoirs de la Grand'Rue.

Mme Gauthier-Lenoir était du reste une épouse fidèle qui n'avait presque pas de mauvaises pensées. Simplement, il lui plaisait d'imaginer l'adultère avec un jeune homme bien fait, bien vêtu et de savoir que de telles imaginations n'avaient rien de chimériques, mais au contraire. Le plus grand coiffeur de Nangicourt lui faisait chaque semaine un champoing et une mise en plis qui revenaient ensemble à dix-sept francs, sans compter la friction ni la coupe, ni l'indéfrisable quand échéait. Mais les dépenses les plus lourdes allaient au chapitre des robes, tailleurs et manteaux, car ils sortaient tous de chez Mme Legris de la rue Ragondin (Léonard Ragondin, né à Nangicourt en 1807, poète délicat, auteur de *Feuillages enamourés* et de *Odes à cousine Lucie,* maire de la ville pendant la guerre de 1870-1871. On lui doit la création du musée de peinture. Archéologue distingué, la fin de sa vie fut attristée par la fameuse querelle que lui fit le professeur J. Pontet, à propos des ruines de la tour Alibienne. Mort en 1886, son buste en pierre, dû au ciseau du sculpteur nangicourtin Jalibier, se remarque sur la place de la Défense où débouche la rue qui porte aujourd'hui son nom) de chez Mme Legris qui habillait les dames de l'aristocratie de Nangicourt. N'étant point aristocrate, le percepteur réglait les factures de la couturière dans la semaine même qu'il les recevait, en sorte qu'il se trouvait toujours démuni quand arrivait la saison des impôts.

Pourtant, il ne se plaignait jamais à sa femme qu'elle lui fît trop de dépense. Il avait même une façon aimable de regarder ses toilettes, qui pouvait s'interpréter comme un encouragement. C'était un homme de trente-sept ans qui mesurait 1,71 m de haut et 0,85 m pour le tour de poitrine, avait des cheveux noirs, un visage ovale, des yeux marron, un nez moyen, une moustache noire, et un grain de beauté sur la joue, planté de poils durs, trop haut pour qu'il eût intérêt à porter la barbe. Sa profession l'occupait beaucoup, en dehors même des heures de travail, et les difficultés qu'il avait ordinairement à payer ses propres impôts lui donnaient de la compassion pour le commun des contribuables. Il les accueillait avec bonté dans les bureaux de la perception, leur accordant volontiers des délais pour acquitter leurs redevances. « Je ne vous mets pas le couteau sur la gorge, disait-il, faites ce que vous pourrez. Après tout, personne n'est tenu à l'impossible », parfois même se laissant aller à soupirer : « Ah! s'il ne tenait qu'à moi... » Les contribuables entendaient à merveille ce langage affable et ne se pressaient pas de payer. Certains d'entre eux, qui vivaient fort tranquillement, étaient en retard de plusieurs années avec le fisc. Ceux-là, le percepteur les aimait plus que les autres. Il les admirait secrètement et en parlait avec tendresse. N'étant toutefois qu'un rouage de la machine administrative, il était bien obligé d'envoyer des sommations et d'avoir recours à l'huissier. Il en avait le cœur déchiré. Lorsqu'il se décidait à expédier un avertissement avec frais, il y joignait presque toujours une petite lettre aimable pour atténuer, dans la mesure du possible, la rigueur des formules administratives. Même, il lui arrivait d'être pris d'un remords et, au sortir de son bureau, de se rendre chez quelque contribuable pour lui dire avec un bon sourire : « Demain, vous allez recevoir un avertissement, mais vous savez, n'y faites pas trop attention. Je peux très bien attendre encore un peu. »

Dans toute la ville de Nangicourt, un seul homme s'était attiré, au titre de contribuable, l'hostilité du percepteur. C'était M. Rebuffaud, le riche propriétaire qui habitait la belle maison de la rue Moinet (Melchior Moinet, né à Nangicourt en 1852. Il fit ses études d'architecte à Paris et revint s'établir dans sa ville natale. On lui doit, entre autres monuments, la caisse d'épargne et la halle aux grains. Mort en 1911, d'un accident de chasse). Ce M. Rebuffaud était toujours le premier à payer ses impôts. Le matin même où il recevait sa feuille de contributions, il était à la perception et lançait d'une voix enjouée : « Monsieur Gauthier-Lenoir, je viens régler ma petite affaire. Chacun son dû, n'est-ce pas? Moi, je n'aime pas les choses qui traînent. » Tirant d'un portefeuille une soixantaine de billets de mille, il comptait à haute voix, un, deux, trois, quatre, jusqu'à soixante et quelques, passait aux billets de cent, faisait l'appoint en monnaie, empochait son reçu et, quêtant un mot d'approbation, disait avec le sourire content d'un homme en règle avec sa conscience : « Me voilà débarrassé jusqu'à l'année prochaine. » Mais le percepteur ne sut jamais se contraindre à une parole aimable. Il saluait froidement, se remettait à ses paperasses et, quand l'autre tournait les talons, le regardait d'un air hargneux s'éloigner vers la porte.

Une année, c'était en 1938, le percepteur eut de graves soucis d'argent. Il s'était passé telle chose : un jour qu'elle allait par la Grand-Rue qu'on appelle aussi rue Grande, Mme Gauthier-Lenoir avait vu le lieutenant du train des équipages marchant sur les talons d'une jeune veuve qu'il déshabillait (il n'y a pas d'autre mot) du regard. Le lendemain, ayant fait savoir au lieutenant par une lettre anonyme que la jeune veuve était atteinte d'une maladie vénérienne, elle se rendait chez Mme Legris pour lui commander une robe couleur du temps, une robe en lainage façon sport, un tailleur de tweed, un tailleur en crêpe de Chine avec un assortiment de blouses et un paletot de couleur réséda à poches rapportées. Pour faire face à ces dépenses, le percepteur dut engager une certaine somme qu'il avait économisée en prévision des impôts. Il n'en fut pas trop alarmé. Tous les ans, il se constituait ainsi une réserve qui se trouvait dissipée avant l'août. Il observa simplement que les choses avaient marché plus vite qu'à l'ordinaire et voulut espérer que sa femme avait fait provision de robes pour une année au moins. Un mois plus tard, elle achetait six combinaisons de soie, quatre pyjamas de soie, six culottes de soie, six soutiens-gorge de soie, deux ceintures d'un tissu soyeux et caoutchouté, douze paires de bas de soie et deux paires de mules, l'une rose et l'autre blanche.

Un soir d'octobre, le percepteur quitta son bureau avec un visage douloureux. La pluie commençait à tomber lorsqu'il déboucha sur la place de la Bornebelle (Etienne de la Bornebelle, né au château de la Bornebelle en 1377. Il défendit, en 1413, la ville de Nangicourt assiégée par les Bourguignons et jura de mourir plutôt que de se rendre. En effet, il ne capitula que le dix-huitième jour du siège, les vivres étant épuisés. Mourut à Paris en 1462). La place était vivement éclairée par la lumière des boutiques. Le percepteur se dirigea vers les bâtiments de la poste, à l'angle de la Grand-Rue et s'arrêtant devant la boîte aux lettres, il prit dans sa poche un rectangle de papier vert dont il relut plusieurs fois la suscription. C'était une sommation sans frais qu'il s'envoyait à lui-même. Après un temps d'hésitation, il la mit à la boîte et, prenant dans une autre poche un paquet de sommations destinées à d'autres contribuables, il les envoya rejoindre la sienne.

La pluie tombait plus serrée. La fièvre au front, le percepteur regardait le mouvement de la place, les parapluies dansant sur les trottoirs, les autos ralenties sur le pavé luisant. De la ville mouillée montait dans le soir une rumeur enveloppée qu'il entendait comme la plainte des contribuables sommés. Parmi les passants qui se hâtaient, il aperçut un homme en train de courir, le col du veston relevé, et reconnut le pâtissier Planchon auquel il venait d'envoyer une sommation. Dans un élan de solidarité, il se mit à courir lui-même et, à la suite de Planchon, entra au café du Centre. Une vingtaine de consommateurs bavardaient ou jouaient aux cartes dans la grande salle. Il s'assit à côté du pâtissier et lui serra la main avec une intention chaleureuse que l'autre ne parut pas bien comprendre, car il répondit par un bonjour distrait, fort indifférent, et se mit à regarder les hommes de la table voisine qui jouaient au piquet. A côté de la table des joueurs et assis sur une chaise, M. Rebuffaud, le contribuable empressé, suivait également la partie en tirant des bouffées de sa pipe. La présence de cet homme irréprochable rendit plus sensible au percepteur le mauvais sort des citoyens harcelés par le fisc. Il se pencha sur Planchon et lui dit à mi-voix :

— Je vous ai vu entrer au Centre. J'ai couru derrière vous. Je voulais vous prévenir que je vous ai envoyé un avertissement sans frais. Comprenez bien que si je vous l'ai envoyé, c'est que j'y étais obligé. Mais surtout, ne vous tourmentez pas trop...

Planchon fut visiblement contrarié. Il médita la chose un moment et dit à haute voix :

— Alors, comme ça, vous m'envoyez un avertissement?

— Que voulez-vous! Il y a un règlement auquel je suis bien obligé de me soumettre. Ce n'est pas de gaieté de cœur.

Et le percepteur ajouta avec modestie :

— Je suis même tenu doublement de m'y soumettre, car moi aussi, je suis contribuable.

Planchon ne saisit pas l'occasion fraternelle qui naissait de ce rapprochement. Du reste, s'il ne doutait pas absolument que le percepteur payât des impôts, au moins soupçonnait-il que sa situation lui offrait des facilités suspectes. Se tournant à la table des joueurs, il dit avec amertume :

— Bonne nouvelle! Je reçois un avertissement du percepteur!

Du coup, la partie de piquet se mit à mollir. Les joueurs regardaient le percepteur avec méfiance et l'un d'eux lui demanda :

— Probablement que je ne vais pas tarder à en recevoir un aussi?

Le silence discret de l'interpellé équivalait à un aveu. Le joueur eut une grimace ennuyée.

— Rien à faire. Il va falloir y passer.

Il semblait d'ailleurs se résigner facilement à l'idée de cette échéance. Planchon lui-même n'était pas homme à se ronger les sangs à propos d'un avertissement, mais tous deux avaient senti passer lé vent de la contrainte et, sans y penser, se tenaient sur la défensive. Aux tables d'alentour, les consommateurs faisaient écho à leurs propos et parlaient avec une certaine acrimonie des exigences du fisc, sans toutefois s'en prendre directement au percepteur. Rien, dans les répliques qu'ils échangeaient, ne lui permettait de placer un mot qui pût le disculper. La réprobation était sous-entendue ou plutôt, elle allait de soi. Fonctionnaire de l'impôt, on le tenait évidemment pour complice des rigueurs du fisc et la prudence seule empêchait peut-être qu'on lui en fît le reproche précis.

Le percepteur souffrait en silence l'outrage de cette confusion. Il aurait voulu faire état de ses propres angoisses de contribuable, communier avec ces gens hostiles dans un sentiment de révolte, tout au moins d'inquiétude, à l'égard de la machine fiscale, et le poids de sa fonction l'étouffait. M. Rebuffaud, la tête rejetée en arrière, tétait le tuyau de sa pipe qu'il tenait à deux mains et écoutait en silence les récriminations des voisins. Ses yeux brillaient d'une flamme d'ironie et à chaque instant cherchaient le regard du percepteur pour y surprendre le reflet de ses propres pensées et le signal d'une action concertée. Mais le percepteur ne le voyait même pas et restait ignorant de la sympathie muette que lui offrait M. Rebuffaud.

Celui-ci ne put le supporter. Une réflexion de Planchon touchant la gabegie dans l'Etat et qui lui parut plus subversive que les autres, lui fournit l'occasion d'intervenir. Il le fit posément, avec un sourire cordial à l'adresse du percepteur. Il représenta très bien que l'impôt était pour la nation une nécessité vitale et que les citoyens ne sauraient s'y soustraire sans porter atteinte à leurs intérêts. Il établit clairement, à l'intention de Planchon, que le commerce de la pâtisserie, pour ne prendre qu'un exemple, devait sa prospérité à une fiscalité vigilante, car, dit-il, si l'Etat ne disposait pas des fonds nécessaires à l'entretien des églises, celles-ci tomberaient en ruines, et si les fidèles ne pouvaient plus aller à l'église le dimanche, comment pourraient-ils acheter une tarte ou un saint-honoré en sortant de la messe? Et M. Rebuffaud conclut en louant le zèle de ces modestes collecteurs de l'impôt, qui assuraient le bon fonctionnement du corps social. Avant de reprendre la pipe aux dents, il regarda le percepteur avec un sourire attendri et complice. Gauthier-Lenoir eut une sueur de honte et devint très rouge. La sympathie et l'appui de M. Rebuffaud emplissaient son cœur d'amertume. Une protestation véhémente gonflait sa poitrine et s'arrêtait à son gosier, sa conscience professionnelle lui interdisant de s'élever contre les paroles si pleines de raison que venait de prononcer le modèle des contribuables.

Les voisins avaient écouté M. Rebuffaud avec une attention déférente. L'importance de l'homme, la considération qui lui était due, donnaient du poids à ses discours et, s'ils ne convainquaient personne, leur épargnaient la contradiction. Il se fit un silence conciliateur et Planchon, pour témoigner que l'intervention de M. Rebuffaud n'avait pas été vaine, demanda aimablement au percepteur ce qu'il voulait boire. Le percepteur se déroba assez maladroitement, salua à la ronde d'un bredouillement timide et s'éloigna avec la gêne de sentir peser sur ses épaules des regards étonnés et ironiquement bienveillants.

Quittant la place de la Bornebelle où passaient encore des parapluies, le percepteur s'engagea dans une rue déserte. Insoucieux de la pluie, il revivait les menus épisodes de sa halte au café du Centre. Les sentiments de violence qui avaient failli l'animer contre M. Rebuffaud lui paraissaient difficilement explicables par l'antipathie que lui inspirait cet homme. Il y devinait des raisons d'un autre ordre, mais le respect de sa fonction l'empêchait encore de se livrer à un examen plus approfondi. Ces raisons lui semblaient devoir être si redoutables pour sa tranquillité qu'il s'efforça de n'y plus songer. Il crut trouver une diversion dans les soucis de sa vie domestique et n'aboutit qu'à poser la question par un autre bout. Ses embarras d'argent lui remirent en mémoire l'avertissement qu'il venait de jeter à la poste et qui le toucherait au lendemain matin. Cette menace cheminant lentement dans la nuit était une chose étrange qui n'allait pas sans ironie. C'était un peu comme une surprise que le percepteur se ménageait à lui-même. Au lieu de mettre l'avertissement à la poste, il aurait pu tout aussi bien le glisser dans sa poche en se tenant pour averti, mais il avait voulu s'accorder ce répit illusoire d'une nuit. Et, tandis qu'il allait par les ruelles obscures, il se surprenait à espérer un retard de la poste comme si un tel retard, à supposer même qu'il se produisît, dût changer rien à sa situation.

En y réfléchissant, il découvrit justement le sens de la protestation véhémente et muette qui s'était élevée dans son cœur contre l'attitude de M. Rebuffaud. Cet homme heureux et ponctuel, qui payait ses contributions sans attendre un jour ni une heure, ne se ménageait jamais de fausse surprise. En réglant son dû séance tenante ou presque, il ne s'exposait pas, comme le commun des contribuables, à oublier volontairement la menace de l'impôt et n'encourait aucun des risques que pouvait comporter pareil oubli. La notion de devoir, s'agît-il de devoir fiscal, était inséparable, dans l'esprit du percepteur, de l'idée de tentation, d'hésitation, de retour, de péril. En n'exigeant pas immédiatement le paiement de l'impôt, le fisc accordait au contribuable une sorte de libre arbitre du porte-monnaie, un temps d'épreuve pendant lequel il pouvait commettre des imprudences, consacrer l'argent des contributions à des œuvres mauvaises, mais aussi triompher de toutes les tentations et accomplir pleinement son devoir fiscal. Par le fait même qu'il payait comptant, M. Rebuffaud se dérobait à ces triomphes austères et n'accomplissait qu'une partie de son devoir, la plus infime, la plus négligeable. « Le cochon, murmura Gauthier-Lenoir, je m'en doutais. J'avais toujours pensé que cet homme-là ne faisait pas son devoir de contribuable. » Cependant, il avait quitté les ruelles et apercevait le bec électrique du boulevard Wilson (Woodrow Wilson, né à Stanton (Virginie) en 1856. Candidat démocrate à la présidence des Etats-Unis, il fut élu en 1912 et réélu en 1916. Auteur des quatorze points, il mourut à Washington en 1924), qui éclairait la petite maison aux frêles murailles d'aggloméré où il demeurait.

Le lendemain matin, le percepteur prenait son petit déjeuner en compagnie de sa femme, lorsque le facteur apporta l'avertissement. Il le déplia et dit d'une voix blanche :

— Je reçois un avertissement d'avoir à payer mes impôts avant le 1er novembre.

— Un avertissement? s'étonna l'épouse. Mais qui l'a envoyé?

— Le percepteur... Cette année, je suis en retard...

— Comment? tu t'envoies un avertissement? C'est stupide.

— Je ne vois pas pourquoi je ne m'enverrais pas d'avertissement. Tu ne penses pas que je vais profiter de ma situation pour m'accorder un traitement de faveur? Je suis contribuable comme les autres.

Gauthier-Lenoir eut une flamme d'orgueil dans les yeux et répéta :

— Comme les autres.

L'épouse ne fit que hausser les épaules. Elle croyait deviner que cet avertissement n'avait été mis à la poste que pour servir de prétexte à une exhortation de Gauthier-Lenoir à l'économie et aux restrictions. Elle se mit en position d'écouter le sermon, mais ne voyant rien venir, elle eut un mouvement de pitié et rompit le silence.

— J'ai beaucoup dépensé pour mes robes, beaucoup trop. Je t'en demande pardon.

— Mais non, protesta le percepteur. Il faut bien s'habiller. Tu n'as fait aucune dépense inutile.

Mme Gauthier-Lenoir soupira et, touché par ses regrets, il l'embrassa tendrement avant de partir pour son bureau. Restée seule, elle poussa fiévreusement des préparatifs commencés la veille, puis, vers dix heures du matin, elle monta sur le rebord de la fenêtre donnant boulevard Wilson. Comme le lieutenant du train des équipages passait à cheval, elle sauta en croupe derrière lui, une valise à la main, un carton à chapeau dans l'autre, et, donnant de ses quatre talons dans les flancs de la bête, le couple partit au galop pour une garnison profonde d'un département de l'Est, et jamais plus à Nangicourt on n'entendit parler de Mme Gauthier-Lenoir. En rentrant à midi, le percepteur fut informé de l'événement par un billet ainsi conçu : « Je pars pour toujours avec celui que mon cœur aime. »

Il pleura beaucoup ce jour-là et aussi les suivants et perdit le sommeil avec l'appétit, de telle sorte qu'il se mit à dépérir et qu'il lui vint dans la tête une grande fatigue et toutes sortes d'idées étranges. Il croyait que sa femme lui avait été prise par le fisc et il accusait celui-ci d'avoir fait une saisie-arrêt sur son épouse sans aucune sommation préalable. A plusieurs reprises, il s'adressa à lui-même, en tant que représentant du fisc, des réclamations à ce sujet, auxquelles il fut répondu, de sa propre plume, que l'affaire serait examinée par qui de droit. Mal satisfait par ces réponses qui lui paraissaient évasives, il décida de se faire une visite à la perception. Un matin donc, il arriva au bureau un peu avant neuf heures et se rendit directement dans une petite pièce où il accueillait d'ordinaire les contribuables qui avaient quelque sursis à solliciter. Le chapeau à la main, il s'assit sur la chaise réservée aux visiteurs, face au fauteuil de bois verni clair, dont il était séparé par une table, et parla ainsi :

— Monsieur le percepteur, je vous ai adressé trois réclamations à propos de la saisie dont ma femme a été l'objet en octobre dernier. Après avoir étudié vos réponses, j'ai pensé qu'un entretien avec vous était nécessaire à l'éclaircissement de mon affaire. Notez que, sur le fond, je ne conteste rien. Je ne fais naturellement aucune difficulté à reconnaître que le fisc est en droit de me prendre ma femme. J'insiste sur ce point, monsieur le percepteur. Je ne voudrais pas qu'on pût me soupçonner de m'ériger en juge ou en critique. Certes, j'ai aimé, j'aime encore passionnément ma femme, mais enfin, l'idée ne me serait jamais venue de me soustraire à cette nouvelle exigence du fisc. Il suffit qu'il ait décidé. Je n'ai pas à entrer dans ses raisons. Si les contribuables lui disputaient la disposition de leurs épouses, ils pourraient aussi bien lui refuser l'impôt en espèces et alors, où irions-nous? Non, ce qui me heurte en cette affaire, je le répète, ce n'est pas la nature un peu exceptionnelle de la contribution, mais que les formes légales n'aient pas été respectées. En effet, monsieur le percepteur, et ceci est de votre ressort, je n'ai reçu aucun avertissement, avec ou sans frais, d'avoir à verser ma femme aux guichets de la perception, et nul commandement d'huissier n'est venu précéder la saisie-arrêt. Sans parler de l'atteinte ainsi portée à mon honorabilité de contribuable, j'ai été gravement lésé dans mon affection. J'eusse pu jouir de ma femme quelques semaines encore si les délais normaux consentis par l'avertissement avaient joué comme il devait. Mais encore une fois, cet avertissement, je ne l'ai pas eu. L'irrégularité est flagrante. En conséquence, monsieur le percepteur, j'ose espérer que vous ne trouverez pas mauvais que je demande réparation à l'administration responsable.

Là-dessus, Gauthier-Lenoir se leva, posa son chapeau sur la chaise et, passant de l'autre côté de la table, prit place dans le fauteuil perceptorial. Après une courte méditation, il répondit d'un ton conciliant :

— Mon cher monsieur Gauthier-Lenoir, je ne nierai pas qu'en tout ceci, des irrégularités aient été commises. S'agit-il d'un oubli, d'une erreur volontaire? L'enquête seule pourrait l'établir. Mais cette enquête à laquelle vous avez droit, je vous demande instamment de ne pas l'exiger. Les ennuis qui en résulteraient pour notre administration seraient d'une complication infinie et tels qu'ils pourraient compromettre son autorité. Les journaux de l'opposition, toujours prêts à crier au scandale, ne manqueraient pas de s'emparer de l'affaire, et cela, monsieur Gauthier-Lenoir, vous ne le voudrez pas, votre patriotisme fiscal ne s'y résoudra pas. Et, d'ailleurs, quel bénéfice en auriez-vous? Je sais, vous êtes en droit d'espérer qu'on vous rende votre femme pour cinq ou six semaines. Mais vous connaissez la lenteur de ces sortes d'instances. Avant d'aboutir, des années, des dizaines d'années auront passé. Quand l'épouse vous reviendra pour quelques semaines seulement, ne l'oublions pas, elle sera ridée, toute vieille, édentée, la peau grise et le cheveu rare. Vaut-il pas mieux rester sur le souvenir d'une femme jeune et jolie? Allons, vous voyez bien. Et puis, vous êtes fonctionnaire, que diable, vous devez montrer l'exemple du courage fiscal. A ce propos, je veux vous dire que les observations de votre dernière lettre, touchant l'inégalité de traitement, tolérée par le fisc, entre M. Rebuffaud et vous-même, m'ont paru fort raisonnables. Il est bien vrai que ce M. Rebuffaud s'acquitte fort mal de ses obligations de contribuable, et je vous remercie d'avoir attiré mon attention sur ce point, car je me propose d'y mettre bon ordre.

Quittant son fauteuil, le percepteur prit le chapeau

sur la chaise où il l'avait posé et alla le suspendre au portemanteau. L'entretien était terminé.

Le lendemain matin, M. Rebuffaud se présentait à la perception. Il tenait un papier à la main et semblait assez ému. Le percepteur l'accueillit plus courtoisement qu'à l'ordinaire et lui demanda, avec bonté, l'objet de sa visite.

— C'est incroyable, répondit le visiteur en lui tendant son papier. Je reçois un avertissement d'avoir à verser ma femme à vos guichets avant le 15 novembre de cette année 1938. Ce ne peut être qu'une erreur.

— Voyons. Ce premier avertissement serait-il avec frais?

— Non, il est sans frais.

— Tout est donc parfaitement régulier, dit le percepteur avec un paisible sourire.

M. Rebuffaud en fut d'abord interloqué et ouvrit de grands yeux. Enfin, il réussit à bégayer :

— C'est inouï! me prendre ma femme! On n'a pas le droit.

— Que voulez-vous, ce sont les nouvelles dispositions fiscales. Oh! je sais. C'est dur. C'est très dur.

— Je n'en reviens pas, dit M. Rebuffaud. Me prendre ma femme! Et pourquoi à moi?

— Hélas! vous n'êtes pas le seul à qui l'on ait demandé pareil sacrifice. D'autres que vous ont reçu ce matin leur avertissement. Moi-même, j'ai déjà versé mon épouse. C'est extrêmement pénible. Mais quoi, il faut bien se résigner. Nous vivons dans une époque cruelle.

— Tout de même, fit M. Rebuffaud. Oui, tout de même! Moi qui ai toujours été si exact à payer mes impôts...

— Précisément, monsieur Rebuffaud. Connaissant votre exactitude, le fisc n'a pas hésité à vous inscrire des premiers. Mais, pour cette fois, si je puis vous donner un avis, ne vous pressez pas trop de payer. Profitez du délai qui vous est imparti.

M. Rebuffaud hocha la tête et resta songeur. L'affaire lui paraissait déjà moins extravagante. L'exemple du percepteur, l'assurance donnée que d'autres contribuables connaissaient la même épreuve, lui rendaient presque acceptable l'idée d'abandonner sa femme au fisc. Il en vint à s'attendrir sur lui-même en songeant à la grandeur de son sacrifice, tant qu'à s'admirer, une chaleur d'héroïsme lui monta aux joues. Enfin, pour tout dire, sa femme était d'un caractère maussade et n'avait jamais été jolie. Au fond de lui-même et sans se l'avouer, il y renonçait assez facilement. En serrant la main du percepteur, il poussa un soupir qu'il força un peu.

— Il faut avoir du courage, dit le percepteur.

— Je ferai de mon mieux, répondit M. Rebuffaud en s'éloignant.

Tandis qu'il descendait la rue Lefinat (Hubert Lefinat, né en 1860 à Nangicourt. Bienfaiteur de la ville. Dota l'hôpital de trois lits et légua à la ville par testament une partie de sa propriété devenue l'actuelle promenade du Bord-de-l'Eau, où lui a été érigée une statue en bronze. Mort à Nangicourt en 1923), M. Rebuffaud songeait avec curiosité à ce que devaient être les réactions des contribuables frappés par cette nouvelle mesure. Il se promena dans la ville sans rien observer d'anormal. Le soir, au café du Centre, il se trouva parmi les buveurs une demi-douzaine d'hommes qui avaient reçu un avertissement et M. Rebuffaud entendit, certes, d'amères récriminations contre la férocité du fisc, mais le ton de cette réprobation restait morne. L'atmosphère était aux jérémiades plutôt qu'à la révolte. Les hommes buvaient plus qu'à l'ordinaire et à l'heure du dîner, plusieurs étaient saouls. Le pâtissier Planchon, veuf de l'année précédente, tentait sans succès d'exciter les contribuables à se rebeller. « Vous n'allez tout de même pas donner votre femme? » dit-il au quincailler Petit. « Puisqu'il faut », répondit Petit, et d'autres répétèrent après lui : « Puisqu'il faut. »

Le matin du 15 novembre, une trentaine de couples faisaient la queue à la porte de la perception, chaque contribuable donnant le bras à l'épouse qu'il allait verser au guichet. Les visages étaient empreints d'une résignation douloureuse. On ne parlait guère et seulement à voix basse, pour échanger une dernière promesse. A l'intérieur, le percepteur, assisté d'un commis, procédait à l'encaissement des épouses. La salle était séparée en deux compartiments par une cloison basse. Penché sur un grand livre, le commis inscrivait les renseignements utiles sur le couple qui se présentait au guichet, et il préparait un reçu. Le percepteur faisait passer l'épouse de l'autre côté de la cloison, délivrait un reçu à l'époux et le congédiait avec une parole de compassion. Les femmes, devenues la propriété du fisc, formaient un groupe silencieux dans le compartiment interdit au public et regardaient entrer les contribuables dont les épouses allaient grossir leur morose troupeau.

Vers onze heures, une automobile se trouva arrêtée devant la perception par un attroupement. Le hasard avait voulu que ce jour-là, le ministre des Contributions, accompagné de son chef de cabinet, passât par la ville de Nangicourt pour se rendre dans la circonscription dont il était député. Regardant par la portière, il fut surpris d'une telle affluence à la porte d'une perception et eut la curiosité d'aller s'informer.

Le percepteur accueillit sans embarras le ministre et son chef de cabinet. Il s'excusa de les recevoir au milieu d'une si grande foule de contribuables et ajouta en souriant :

— Mais je n'ose pas le regretter. C'est le signe que l'impôt rentre bien. Voyez, monsieur le ministre, j'ai déjà perçu vingt-cinq épouses.

Le ministre et le chef de cabinet se regardèrent avec ébahissement. Questionné, le percepteur fournit toutes les explications désirables. Quand il eut fini, le chef de cabinet se pencha vers le ministre et dit à voix basse : « Il est complètement fou. »

— Hé, hé! fit le ministre des Contributions. Hé, hé!

L'air vivement intéressé, il examinait le troupeau de femmes perçues et, considérant les plus jolies, songeait qu'il y avait là pour l'Etat une source de revenus peut-être importants. Il ne lui échappait pas non plus que beaucoup d'entre elles, par une inconséquence bien féminine, s'étaient rendues à l'appel du percepteur avec leurs plus beaux bijoux. Un long moment, il resta tout pensif. Respectueux de sa méditation et comprenant déjà les pensées qui l'agitaient, le chef de cabinet regardait les couples qui attendaient patiemment la fin de la diversion ministérielle pour aborder au guichet.

— Quelle admirable discipline chez tous ces braves gens, fit-il observer.

— En effet, murmura le ministre. J'en suis même très frappé.

Les deux hommes échangèrent un regard chargé de sens. Après quoi, le ministre serra chaleureusement la main du percepteur et, jetant un dernier coup d'œil aux épouses du fisc, regagna son automobile.

Le surlendemain de ce jour mémorable, on apprenait que Gauthier-Lenoir était promu percepteur de première classe. A mots couverts, le ministre des Contributions parlait d'un vaste projet qui eût été une innovation complète en matière de fiscalité. Mais la guerre est arrivée.

LES BOTTES DE SEPT LIEUES

Germaine Buge quitta l'appartement de Mlle Larrisson, où elle venait de faire deux heures de « ménage à fond », sous le regard critique de la vieille fille. Il était quatre heures de décembre et depuis deux jours, il gelait. Son manteau la protégeait mal. Il était d'une étoffe mince, laine et coton, mais l'usure l'avait réduit à n'être plus guère qu'une apparence. La bise d'hiver le traversait comme un grillage en fil de fer. Peut-être même traversait-il Germaine qui semblait n'avoir pas beaucoup plus d'épaisseur ni de réalité que son manteau. C'était une ombre frêle, au petit visage étroit tout en soucis, un de ces êtres dont la misère et l'effacement ressemblent à une charité du destin, comme s'ils ne pouvaient subsister qu'en raison du peu de prise qu'ils donnent à la vie. Dans la rue, les hommes ne la voyaient pas, et rarement les femmes. Les commerçants ne retenaient pas son nom et les gens qui l'employaient étaient à peu près seuls à la connaître.

Germaine se hâta dans la montée de la rue Lamarck. En arrivant au coin de la rue du Mont-Cenis, elle rencontra quelques écoliers qui dévalaient la pente en courant. Mais la sortie ne faisait que commencer. Devant l'école, au pied du grand escalier de pierre qui escalade la colline Montmartre, les enfants délivrés formaient une troupe bruyante et encore compacte. Germaine se posta au coin de la rue Paul-Féval et chercha Antoine du regard. En quelques minutes, les écoliers se furent éparpillés et répandus dans les rues et elle s'inquiéta de ne pas voir son fils. Bientôt, il ne resta plus devant l'école qu'un groupe d'une demi-douzaine d'enfants qui parlaient sport. Ayant à se rendre dans des directions différentes, ils retardaient le moment de se séparer. Germaine s'approcha et leur demanda s'ils connaissaient Antoine Buge et s'ils l'avaient vu. Le plus petit, qui devait être de son âge, dit en ôtant sa casquette :

— Buge? Oui, moi je le connais. Je l'ai vu partir, mais je sais qu'il est sorti avec Frioulat dans les premiers.

Germaine demeura encore une minute et, déçue, revint sur ses pas.

Cependant, de l'autre bout de la rue Paul-Féval, Antoine avait assisté à l'attente de sa mère. Il en avait eu un serrement de cœur et s'était senti coupable. Mieux, au milieu du groupe où il se dissimulait, il s'était demandé à haute voix s'il ne devait pas la rejoindre.

— Fais comme tu veux, avait répondu sèchement Frioulat. On est toujours libre de se dégonfler. Tu ne feras plus partie de la bande, voilà tout.

Vaincu, Antoine était resté. Il n'avait pas envie de passer pour un dégonflé. D'autre part, il tenait beaucoup à faire partie de la bande, bien que l'autorité du chef se fît parfois sentir lourdement. Frioulat, c'était un type formidable. Pas plus grand qu'Antoine, mais râblé, vif, et peur de rien. Une fois, il avait engueulé un homme. Naudin et Rogier l'avaient vu, ce n'était pas une histoire.

La bande, qui se composait pour l'instant de cinq

écoliers, attendait un sixième conjuré, Huchemin, qui habitait une maison de la rue et était allé déposer chez lui sa serviette de classe et celles de ses camarades.

Huchemin rejoignit la bande qui se trouva au complet. Antoine, encore triste, s'attardait à regarder l'école et songeait au retour de sa mère dans le logement de la rue Bachelet.

Frioulat, devinant ses hésitations, eut l'habileté de le charger d'une mission délicate.

— Toi, tu vas aller en reconnaissance. On verra ce que tu sais faire. Mais attention, c'est dangereux.

Rose d'orgueil, Antoine monta la rue des Saules au galop et s'arrêta au premier carrefour. Le jour commençait à baisser, les passants étaient rares, en tout et pour tout deux vieilles femmes et un chien errant. Au retour, Antoine rendit compte de sa mission, d'une voix sobre.

— Je n'ai pas été attaqué, mais rue Saint-Vincent, il y a du louche.

— Je vois ce que c'est, dit Frioulat, mais j'ai pris mes précautions. Et maintenant, on part. Tous à la file indienne derrière moi en rasant les murs. Et que personne ne sorte du rang sans mon commandement, même si on m'attaque.

Baranquin, un petit blond très jeune qui en était à sa première expédition, paraissait très ému et voulut s'informer auprès d'Antoine du péril auquel ils allaient s'exposer. Il fut vertement rappelé à l'ordre par Frioulat et prit place dans la file sans ajouter mot. La montée de la rue des Saules s'effectua sans incident. A plusieurs reprises, Frioulat donna l'ordre à ses hommes de se coucher à plat ventre sur le pavé glacé, sans préciser la nature du péril qui les guettait. Lui-même, impavide, tel un capitaine de légende, restait debout et surveillait les alentours, les mains en jumelles sur ses yeux. On n'osait rien dire mais on trouvait qu'il donnait un peu trop à la vraisemblance. En passant, il déchargea deux fois son lance-pierres dans la rue Cortot, mais ne jugea pas utile de s'en expliquer à ses compagnons. La bande fit halte au carrefour Norvins et Antoine crut pouvoir en profiter pour demander ce qui s'était passé rue Cortot.

— J'ai autre chose à faire qu'à bavarder, répondit sèchement Frioulat. Je suis responsable de l'expédition, moi. Et il ajouta : Baranquin, pousse-moi une reconnaissance jusqu'à la rue Gabrielle. Et au trot.

La nuit était presque tombée. Peu rassuré, le petit Baranquin partit en courant. En l'attendant, le chef sortit un papier de sa poche et l'examina en fronçant le sourcil.

— Fermez ça, bon Dieu, dit-il à Huchemin et à Rogier qui parlaient haut. Vous voyez pas que je médite, non?

Bientôt, on entendit claquer les galoches de Baranquin qui rejoignait au pas gymnastique. Au cours de sa reconnaissance, il n'avait rien vu de suspect et le déclara tout innocemment. Choqué par ce manquement aux règles du jeu, qui révélait une absence du sentiment épique, Frioulat prit ses compagnons à témoin.

— J'ai pourtant l'habitude de commander, dit-il, mais des cons comme celui-là, j'en ai encore jamais vu.

Les compagnons comprenaient parfaitement le reproche et le trouvaient justifié, mais ayant tous quelques raisons d'en vouloir à Frioulat, ils restèrent sans réaction. Après un silence, Antoine fit observer :

— Du moment qu'il n'a rien vu, il le dit. Je vois pas pourquoi on lui en voudrait.

Huchemin, Rogier et Naudin approuvèrent à haute voix et le chef en fut un peu troublé.

— Alors, quoi, si on s'occupe de ce qui est vrai, y a plus moyen de rien faire, dit-il.

Antoine convint en lui-même qu'il avait raison et se reprocha d'avoir compromis l'autorité du chef. Surtout, il avait honte de s'être érigé en défenseur du sens commun contre de nobles imaginations qui semblaient constituer les fondements mêmes de l'héroïsme. Il voulut faire amende honorable, mais aux premiers mots qu'il dit, Frioulat le prit à partie.

— Ta gueule, toi. Au lieu de venir flanquer l'indiscipline dans la bande, t'aurais mieux fait de rentrer chez ta mère. A cause de toi, on a déjà un quart d'heure de retard.

— C'est bon, riposta Antoine, je ne veux pas vous retarder. Je ne fais plus partie de la bande.

Il s'éloigna en direction de la rue Gabrielle, accompagné de Baranquin. Les autres hésitèrent. Naudin et Huchemin se décidèrent à suivre les dissidents, mais à distance. Rogier eut envie de se joindre à eux, mais n'osa pas rompre ouvertement avec le chef et s'éloigna d'un pas mou en ayant l'air de l'attendre. Frioulat s'ébranla le dernier en criant :

— Tas de cocus, débrouillez-vous tout seuls! Moi, je vous fous ma démission! Mais vous me regretterez!

La bande, en quatre fractions échelonnées sur une centaine de mètres, s'acheminait vers le but de l'expédition qui se trouvait dans un segment de la rue Elysée-des-Beaux-Arts compris entre deux coudes. La ruelle était sombre, encaissée, aussi déserte que le haut de Montmartre.

Près d'arriver, Antoine et Baranquin marchaient plus lentement et la bande se resserra comme un accordéon. A l'endroit où elle formait un premier coude, la rue était coupée par une tranchée profonde, signalée par un feu rouge. Les travaux avaient été effectués dans les deux derniers jours, car il n'y en avait pas encore de traces l'avant-veille, lors de la première expédition. C'était un élément d'horreur dont la bande aurait pu tirer parti et qui fit regretter sa dislocation. Il fallut traverser sur une planche étroite, entre deux cordes, qui faisaient office de garde-fous. Malgré son envie de se pencher sur le trou, Antoine ne s'arrêta pas, craignant qu'on ne le souçonnât de vouloir attendre les autres.

Les six écoliers se retrouvèrent quelques pas plus loin, devant le bric-à-brac. C'était une boutique étroite, dont la peinture semblait avoir été grattée et qui ne portait aucune inscription. En revanche, il y avait dans l'étalage de nombreuses pancartes. La plus importante était ainsi rédigée : « Occasions pour connaisseurs. » Une autre : « La maison ne fait crédit qu'aux gens riches. » Chacun des objets en montre était accompagné d'une référence historique des plus suspectes, tracée sur un rectangle de carton. « Bureau champêtre de la reine Hortense » désignait une petite table de cuisine en bois blanc, rongée par l'eau de Javel. Il y avait le moulin à café de la du Barry, le porte-savon de Marat, les charentaises de Berthe au grand pied, le chapeau melon de Félix Faure, le tuyau de pipe de la reine Pomaré, le stylographe du traité de Campo-Formio, et cent autres choses illustrées dans le même esprit — jusqu'à l'enveloppe de cuir d'un ballon de football qui était donnée comme un « faux semblant ayant appartenu à la papesse Jeanne ». Les écoliers n'y entendaient pas malice et ne doutaient nullement que le marchand eût réuni dans son bric-à-brac les modestes dépouilles de l'histoire. Le stylographe de Campo-Formio les étonnait vaguement, mais les lueurs qu'ils possédaient sur ce fameux traité étaient incertaines. Surtout l'idée ne leur fût pas venue qu'un commerçant pouvait se livrer à des facéties dans l'exercice de son négoce. Toutes ces références écrites de sa main étaient nécessairement vraies, aussi vraies qu'une chose imprimée, et constituaient une garantie d'authenticité. Mais ce n'était pas pour admirer des souvenirs historiques que la bande organisait ses lointaines expéditions. Un seul objet au milieu de la vitrine retenait l'attention passionnée des six écoliers. C'était une paire de bottes qu'accompagnait également une petite pancarte sur laquelle on lisait ces simples mots : « Bottes de sept lieues » et auxquelles le traité de Campo-Formio, les Marat, Félix Faure, Napoléon, Louis-Philippe et autres grandes figures de l'histoire conféraient une autorité presque incontestable. Peut-être les six enfants ne croyaient-ils pas positivement qu'il eût suffi à l'un d'eux de chausser ces bottes pour franchir sept lieues d'une seule enjambée. Ils soupçonnaient même que l'aventure du Petit Poucet n'était qu'un conte, mais n'en ayant pas la certitude, ils composaient facilement avec leurs soupçons. Pour être en règle avec la vraisemblance, peut-être aussi pour ne pas s'exposer à voir la réalité leur infliger un démenti, ils admettaient que la vertu de ces bottes de sept lieues s'était affaiblie ou perdue avec le temps. En tout cas, leur authenticité ne faisait aucun doute. C'était de l'histoire, et toute la boutique était là pour l'attester. De plus, elles étaient étrangement belles, d'une somptuosité qui étonnait, au milieu des autres objets de la vitrine, presque tous misérables et laids. En cuir verni noir, souple et fin, faites à la mesure d'un enfant de leur âge, elles étaient garnies intérieurement d'une fourrure blanche débordant sur le cuir où elle formait un revers neigeux. Les bottes avaient une élégance fière et cambrée qui intimidait un peu, mais cette fourrure blanche leur donnait la grâce d'un tendre caprice.

Buge et Baranquin, arrivés les premiers, s'étaient placés en face des bottes, le nez sur la vitre, et n'échangeant que de rares paroles. Leur ravissement était à peu près inexprimable et ressemblait à un rêve heureux dans lequel on reprend, de temps à autre, une conscience un peu douloureuse de la vie qui attend. Chaussant les bottes de sept lieues, Antoine vivait une aventure confuse et ardente et, songeant à sa mère, à leur mansarde où elle venait de rentrer seule, il reprenait haleine le temps d'un remords, d'un regard sur la vie qui attendait, de ce côté de la vitrine où il se trouvait lui-même, si près d'elle dans la nuit et dans l'hiver, qu'elle soufflait par sa bouche une petite buée sur le carreau.

Par instants, derrière les bottes, les deux enfants apercevaient la silhouette du marchand, détenteur de ces merveilles. L'intérieur de la boutique, de même que l'étalage, était éclairé par une ampoule suspendue au bout d'un fil, sans abat-jour, et dont la lumière jaune ne permettait pas de distinguer bien sûrement les objets.

Autant qu'on en pouvait juger de l'extérieur, le marchand était un très petit vieillard, au visage rond et lisse, sans rides ni relief. Il portait un haut col dur, un veston étroitement boutonné, des culottes courtes et des bas de cycliste bien tirés sur ses jambes sèches. Quoiqu'il fût seul dans sa boutique, on entendait parfois le son de sa voix aiguë, toujours irritée. Il lui arrivait d'arpenter le plancher dans un état d'extrême agitation qui l'amenait à faire de véritables bonds, mais le plus souvent il était assis sous l'ampoule électrique en face d'un grand oiseau empaillé, sans doute un héron, avec lequel il semblait avoir des conversations très animées. Baranquin affirmait même qu'il avait vu l'oiseau bouger et se porter contre le vieillard dans une attitude menaçante. Tout était possible dans cette retraite des bottes de sept lieues.

La bande se trouva de nouveau réunie, alignée contre la glace de la vitrine et tous les regards fixés sur les bottes. Frioulat se tenait à trois pas en arrière de la rangée qu'il considérait avec beaucoup d'ironie tout en ricanant et monologuant.

— Ils peuvent les regarder, les bottes, jusqu'à demain matin s'ils veulent. Qui c'est qui se marre, c'est moi. Parce que moi, j'avais un plan. Mais plus de chef, plus de plan, plus rien.

Antoine dont la révolte avait entraîné toutes les désertions, ne pouvait douter qu'il fût particulièrement visé par ces propos. L'ignorance et le silence lui semblaient sages, mais insuffisants. Il aurait voulu faire quelque chose de grand et d'héroïque qui l'eût rendu digne, entre tous, de chausser les bottes de sept lieues. Dans la rangée, on semblait d'ailleurs attendre cette riposte à laquelle il songeait. Rogier et Baranquin le regardaient avec espoir. Son cœur battait à grands coups, mais peu à peu, il affermissait sa résolution. Enfin, il sortit de la rangée, passa devant Frioulat sans le regarder et se dirigea vers la porte de la boutique. On le suivait des yeux avec admiration. Brisée en deux endroits, la glace de la porte était aveuglée par une descente de lit accrochée à l'intérieur et étiquetée : « Tapis du voleur de Bagdad. » Antoine, très ému, appuya sur le bec-de-cane et poussa timidement la porte. Ce qu'il aperçut et entendit par l'entrebâillement le retint au seuil. Au milieu de la boutique, les poings sur les hanches, l'œil étincelant, le marchand se tenait debout, face à l'oiseau empaillé et lui parlait d'une voix de fillette en colère. Antoine l'entendait glapir :

— Mais ayez donc au moins la franchise de vos opinions! A la fin, je suis ulcéré par votre façon de toujours insinuer! Du reste, je n'admets pas les raisons que vous venez d'invoquer. Montrez-moi vos documents, montrez-moi vos preuves. Ah! Monsieur, vous voilà bien pris? Pardon?

Le vieillard se mit en posture d'écouter dans un silence arrogant. Il enfonçait, entre ses épaules, sa petite tête ronde et lisse comme une pomme, et semblait se recroqueviller dans son haut col dur qui l'engonçait presque jusqu'aux oreilles, de temps à autre jetant un coup d'œil vers l'oiseau et pinçant la bouche avec un air d'ironie insultante. Tout à coup, il fit un saut qui le porta tout contre la bête et, lui mettant son poing sur le bec, se mit à crier :

— Je vous défends! C'est une infamie! Vous calomniez la reine. Je n'ai rien à apprendre sur Isabeau de Bavière, vous m'entendez, rien!

Là-dessus, il se mit à tourner autour de l'oiseau empaillé avec des gestes rageurs et en parlant à mi-voix. Ce fut pendant cette promenade que, levant les yeux, il aperçut la silhouette d'Antoine dans l'entrebâillement de la porte. Après l'avoir examiné avec méfiance, il marcha sur lui à grands pas, la tête en avant et les épaules effacées, comme s'il espérait le surprendre. Mais Antoine, refermant la porte, faisait signe à ses camarades et donnait l'alarme d'une voix angoissée qui fit impression.

La bande, qui semblait se reconstituer sous son autorité, le suivit et, avide de l'interroger, s'arrêta à dix ou quinze pas de la boutique. Frioulat, ayant d'abord esquissé un mouvement de retraite, s'était ressaisi et restait seul en face des bottes de sept lieues.

Le marchand avait écarté un coin de la descente de lit et, le nez au carreau, épiait la rue, particulièrement attentif au groupe d'Antoine. Les écoliers le regardaient à la dérobée et parlaient à voix basse. Enfin, il laissa retomber la descente de lit et disparut. Frioulat, qui avait eu l'audace de rester dans la lumière de la vitrine pendant cet examen, se tourna vers le groupe qui prétendait peut-être faire figure de bande et dit avec mépris :

— Pas besoin de vous sauver, il n'allait pas vous bouffer. Mais quand il n'y a pas de chef, c'est toujours comme ça. Il y en a qui font les malins, qui se donnent des airs de vouloir entrer, mais au dernier moment, c'est le dégonflage. En attendant, moi, je me marre.

— Personne ne t'empêche d'entrer, fit observer Huchemin. Si tu es plus malin que les autres, vas-y.

— Parfaitement, dit Frioulat.

Il se dirigea vers la porte et, sans hésiter, d'une brusque poussée, il l'ouvrit presque grande. Mais comme il franchissait le seuil, il recula en poussant un hurlement de frayeur. Un oiseau plus grand que lui, caché derrière la porte, venait de bondir à sa rencontre en faisant entendre un glapissement étrange qui avait quelque chose d'humain.

La bande détalait déjà et Frioulat se mit à courir de toute sa vitesse sans prendre le temps d'un regard en arrière. Tenant l'oiseau dans ses bras, le vieillard s'avança sur le pas de la porte et, après avoir émis un autre glapissement qui précipita la fuite des écoliers, il rentra dans la boutique.

Frioulat, lancé comme un projectile, rejoignit la bande

au tournant de la rue. Personne ne songea à la tranchée qu'il avait fallu franchir sur une planche un quart d'heure auparavant. Elle n'était qu'à trois mètres après le tournant. Rogier la vit lorsqu'il fut au bord et voulut s'arrêter, mais il ne put résister à la poussée du suivant, et Frioulat arrivait d'un tel élan qu'il précipita dans le trou ceux qui essayaient encore de retrouver un équilibre et qu'il tomba lui-même avec eux. La tranchée avait presque deux mètres de profondeur et la terre gelée était dure comme de la pierre.

Germaine avait allumé le poêle et, par économie, entretenait un petit feu en attendant le retour d'Antoine. La pièce était minuscule, mais difficile à chauffer à cause de son exposition. La fenêtre mansardée joignait mal et laissait passer les coulis d'air froid. Quand le vent soufflait du nord, on l'entendait ronfler entre la toiture et la cloison inclinée, faite d'un lattis enrobé dans une mince couche de plâtre. Assise sur l'un des deux petits lits de fer qui, avec une table de jardin, une chaise de bois, le poêle en fonte et quelques caisses à savon, constituaient tout son mobilier, Germaine Buge, le corps et l'esprit immobiles, fixait la flamme de la lampe à pétrole qu'elle avait mise en veilleuse.

Voyant qu'il était six heures et demie, elle eut peur. Antoine ne s'attardait jamais lorsqu'il se savait attendu et, à midi, elle l'avait prévenu qu'elle ne rentrerait pas après cinq heures. Plusieurs fois elle sortit sur le palier, dans l'espoir qu'un bruit de pas écourterait d'une minute son attente anxieuse. Elle finit par laisser la porte entrebâillée. Ce fut par la fenêtre qu'elle entendit appeler son nom. Du fond de la cour étroite, sa voix montant comme dans une cheminée, la concierge criait : « Eh! Buge... »

Il lui arrivait de l'appeler ainsi, lorsqu'une dame, venant demander à Germaine de lui faire son ménage, hésitait à gravir sept étages pour se fourrer dans quelque taudis.

Dans la loge l'attendait un agent de police qui devisait avec le concierge. En le voyant, elle comprit qu'il s'agissait d'Antoine et toute sa chair se tordit de peur. Son entrée fut accueillie par un silence compatissant.

— Vous êtes la mère d'Antoine Buge? dit l'agent. Il vient d'arriver un accident à votre fils. Je crois que ce n'est pas bien grave. Il est tombé avec d'autres enfants dans une tranchée de canalisation. Je ne sais pas si c'était profond, mais par ces froids, la terre est dure. Ils se sont blessés. On a emmené le vôtre à l'hôpital Bretonneau. Vous pouvez peut-être essayer de le voir ce soir.

Dans la rue, après avoir retiré le porte-monnaie et le mouchoir qui gonflaient l'une des poches, Germaine ôta son tablier et le mit en rouleau sous son bras. Son premier mouvement avait été de prendre un taxi, mais elle réfléchit que l'argent de la course serait employé plus utilement pour Antoine. Elle fit le trajet à pied, ne sentant ni le froid ni la fatigue. Sa douleur ne s'accompagnait d'aucune révolte et, songeant à Antoine, à leur vie dans la mansarde, il lui semblait, à faire le compte de ces années de bonheur, qu'elle se fût rendue coupable de se soustraire à son véritable destin. Le moment était venu de rendre des comptes et la catastrophe faisait tout rentrer dans l'ordre.

« Ça devait arriver, pensait-elle, j'étais si heureuse. »

A l'hôpital, on la fit entrer dans une salle d'attente où étaient assis quatre femmes et trois hommes qui tenaient une conversation animée.

Aux premiers mots qu'elle entendit, Germaine comprit qu'elle se trouvait avec les parents des autres enfants. Du reste, elle reconnaissait Mme Frioulat, une petite femme noiraude, au visage dur, qui tenait rue Ramey une boutique de comestibles où il lui était arrivé de faire des achats. Elle eut le désir fugitif de se mêler au groupe et de s'informer des circonstances de l'accident, mais personne n'avait pris garde à son arrivée, sauf Mme Frioulat qui avait toisé d'un regard peu engageant cette femme sans manteau et sans homme, puisque sans alliance.

Germaine s'assit à l'écart et écouta la conversation qui ne lui apprit rien. Tous ces gens ne paraissaient pas mieux renseignés qu'elle.

— Comment que ça a pu arriver, je me demande bien, demandait le père de Naudin, un homme jeune qui portait l'uniforme bleu des receveurs du métro.

— C'est mon époux qui a appris la nouvelle le premier, dit Mme Frioulat en haussant la voix pour faire entendre à Germaine qu'elle n'était pas seule dans la vie. Il voulait aller chercher la voiture au garage, mais je lui ai dit : « Laisse, j'y vais en taxi. » Il fallait bien qu'il reste au magasin.

Chacun racontait à son tour comment il avait été informé de l'accident. Quelques minutes d'attention suffirent à Germaine pour connaître par leurs noms les parents qui attendaient là. Tous ces noms, qu'elle avait si souvent entendu prononcer par Antoine, lui étaient familiers. Elle considérait avec admiration et déférence ces Naudin, ces Huchemin, ces Rogier qui portaient des noms d'écoliers. Il lui semblait cousiner avec eux, bien qu'elle restât consciente d'une distance entre elle et ces gens qui allaient par couples, avaient un métier, des parents, un appartement. Ils continuaient du reste à l'ignorer, mais loin de leur en vouloir, elle leur était reconnaissante de cette discrétion. Seule, l'effrayait un peu Mme Frioulat, dont elle sentait parfois se poser sur sa chétive personne le regard hostile. Elle saisissait obscurément les raisons de cette hostilité, et si l'anxiété lui avait laissé l'esprit plus libre, elle n'aurait pas eu de peine à les comprendre. Une longue expérience lui avait appris que certaines dames d'une condition supérieure, comme l'était Mme Frioulat, n'aiment pas beaucoup se trouver dans une situation qui les mette sur un pied d'égalité avec les pauvresses. L'épicière de la rue Ramey souffrait dans un sentiment esthétique de l'édifice social. Cette solidarité avec une créature trop évidemment fille mère faisait naître en son cœur un doute vénéneux. Bien que commerçante et ayant une auto, pouvait-elle croire encore à la vertu des catégories? Elle engagea pourtant la conversation.

— Et vous, madame, vous êtes venue sans doute pour ce triste accident?

— Oui, madame. Je suis la maman du petit Buge. Antoine Buge.

— Ah! ah! Antoine Buge, parfaitement. J'en ai entendu parler. Il paraît qu'il a le diable au corps, ce petit. Vous avez dû en entendre parler aussi, vous, madame Naudin?

— Oui, Robert m'en a parlé.

— Ah! je vous le disais, vous voyez, on vous en a parlé aussi. C'est un gamin endiablé.

— Mais non, mais non, je vous assure. Antoine est bien sage, protestait Germaine, mais Mme Frioulat ne la laissait pas parler.

— Le fond n'est peut-être pas mauvais, mais comme à tant d'autres, il lui aura manqué une discipline.

— Les enfants, il faut que ça soit tenu, dit l'employé du métro.

Soulagés de pouvoir s'en prendre à quelqu'un et de tenir une explication de l'accident, les parents échangeaient à haute voix des réflexions sur l'éducation des enfants et, tout en restant dans les généralités, visaient assez clairement le cas de Germaine Buge. Chacun des couples, en raison de son angoisse, se sentait des trésors d'indulgence pour un fils auquel le malheur faisait une parure d'innocence, et nul ne doutait qu'Antoine eût entraîné ses camarades.

— Je ne vous reproche rien, dit Mme Frioulat en s'adressant à Germaine, je n'ai pas le cœur à faire des reproches dans un moment pareil, mais enfin, la vérité est la vérité. Il faut reconnaître que si vous aviez mieux surveillé cet enfant, nous n'en serions pas là, aujourd'hui. Maintenant que le mal est fait, je n'ai qu'une chose à souhaiter, c'est que l'aventure vous serve de leçon, ma fille.

Prises à témoin et flattées qu'elle eût ainsi parlé en leur nom, les autres mères accueillirent cette péroraison par un murmure d'estime. Germaine, que son métier avait habituée à ce genre de semonce, accepta celle-ci sans protester et, gênée par tous ces regards fixés sur elle, ne sut que baisser la tête. Une infirmière entra.

— Rassurez-vous, dit-elle, il n'y a rien de grave. Le médecin vient de les voir. Il n'a trouvé que des jambes et des bras cassés et des écorchures sans importance. Dans quelques semaines, tout sera rentré dans l'ordre. Comme le choc a été tout de même rude, ils sont un peu abattus, et il vaut mieux que vous ne les voyiez pas ce soir. Mais demain, il n'y aura pas d'inconvénient. Venez à une heure.

Les cinq enfants étaient réunis dans une petite salle carrée, en compagnie de trois autres blessés à peu près de leur âge, qui en étaient à leur troisième semaine d'hôpital.

Antoine était placé entre Frioulat et Huchemin, face à Rogier et à Naudin dont les lits étaient voisins. La première nuit avait été agitée, et la première journée fut également pénible. Encore endoloris et fiévreux, ils ne parlaient guère et s'intéressaient médiocrement à ce qui se passait dans la salle. Sauf Antoine, ils reçurent la première visite de leurs parents sans beaucoup de plaisir ni d'émotion. Antoine, lui, y pensait depuis la veille. Il avait eu peur pour sa mère de cette nuit d'angoisse dans la mansarde froide et de toutes les nuits à venir. Lorsqu'elle entra dans la salle, il s'effraya de voir son visage marqué par la fatigue et l'insomnie. Elle comprit son inquiétude, et ses premières paroles furent pour le rassurer.

Au lit voisin à gauche, Huchemin, entre deux geignements, répondait à ses parents d'une voix dolente qui décourageait les questions. A droite, Frioulat se montrait grincheux avec sa mère dont les cajoleries lui semblaient ridicules. Elle l'appelait « Mon petit ange adorable » et « Mon petit bambin à sa maman ». Ça faisait bien, devant les copains qui entendaient. L'infirmière avait demandé que, pour cette première fois, le temps des visites ne fût pas trop long. Les parents ne restèrent pas plus d'un quart d'heure. Dans ce cadre nouveau, leurs enfants, soustraits tout d'un coup à leur gouvernement et, à cause de leur accident, faisant figure d'ayants droit, les intimidaient. Les conversations étaient presque difficiles. Germaine Buge, qui n'éprouvait pas ce sentiment de gêne au chevet d'Antoine, n'osa pourtant pas rester et partit avec les autres.

Le petit Baranquin, seul de la bande qui fût sorti indemne de la chute au fond du trou, arriva peu après le départ des parents, et sa visite fut plutôt réconfortante. Il regrettait sincèrement que le sort lui eût été clément.

— Vous en avez de la chance, vous, de vous être cassé quelque chose. Hier soir, j'aurais bien voulu être à votre place. Qu'est-ce que j'ai pris en arrivant chez moi. Mon père était déjà rentré. Il a été se rechausser pour me flanquer son pied dans les fesses. Qu'est-ce que j'ai entendu, toute la soirée, et que je finirais au bagne et tout. Et à midi, il a recommencé. Sûrement que ce soir, il va continuer. Avec lui, il y en a toujours pour une semaine.

— C'est comme chez moi, dit Rogier. Si j'avais eu le malheur de rentrer sans rien, qu'est-ce que je dégustais aussi.

N'eût été la souffrance, chacun se serait félicité d'être à l'hôpital. Antoine, qui n'avait pas le souvenir d'avoir jamais été grondé par sa mère, était le seul qui ne se consolât point à cet aspect du hasard. Frioulat lui-même, qu'on pensait être gâté par ses parents, estimait pourtant qu'il eût risqué gros à rentrer chez lui, comme Baranquin, avec un manteau déchiré du haut en bas, et sans une égratignure.

Les jours suivants furent plus animés. Les foulures et les luxations étaient beaucoup moins douloureuses et les membres plâtrés n'étaient même pas un sujet de préoccupation. L'immobilité ne permettait d'autre récréation que de lire et de causer. On parla beaucoup de l'expédition, et chacun se passionnait à en revivre les péripéties. Il y eut des disputes véhémentes que la voix des infirmières ne parvenait pas à apaiser.

Tirant la leçon des événements, Frioulat exaltait les principes d'ordre et d'autorité et soutenait que rien ne fût arrivé si la bande avait gardé son chef.

— Ce n'est pas ce qui t'aurait empêché d'avoir peur, objectaient les autres.

— C'est moi qui me suis sauvé le dernier, faisait observer Frioulat. Et bien obligé, vous m'avez laissé tout seul, bande de dégonflés.

Les discussions étaient d'autant plus violentes qu'on était immobilisé et qu'on ne risquait rien à se menacer d'un coup de poing sur le nez.

On se réconciliait en parlant des bottes de sept lieues. Il était à craindre que le marchand n'eût trouvé acheteur. Aussi, les visites de Baranquin étaient-elles attendues impatiemment. On tremblait qu'il n'apportât une mauvaise nouvelle. Il le savait et, dès en entrant, rassurait son monde. Les bottes étaient toujours dans la vitrine et, de jour en jour, affirmait-il, plus belles, plus brillantes, et plus soyeux aussi les revers de fourrure blanche. L'après-midi, à la tombée du jour, avant l'heure des lampes, il n'était pas difficile de se persuader que les bottes avaient conservé intacte leur vertu première, et l'on avait fini par y croire presque sans arrière-pensée. Rien n'était d'ailleurs plus récréatif, ni plus reposant, que de réfléchir dans son lit à ces prodigieuses enjambées de sept lieues. Chacun rêvait tout haut à l'usage qu'il aimerait faire des bottes. Frioulat se plaisait à l'idée qu'il battrait tous les records du monde de course à pied. Rogier était généralement plus modeste. Quand on l'enverrait chercher un quart de beurre ou un litre de lait, il irait les acheter dans un village de Normandie où il les aurait à meilleur marché, et mettrait la différence dans sa poche. Du reste, tous étaient d'accord pour aller passer leurs jeudis après-midi en Afrique ou dans les Indes, à guerroyer contre les sauvages et à chasser les grands fauves. Antoine n'était pas moins tenté que ses camarades par de telles expéditions. Pourtant, d'autres rêves, qu'il tenait secrets, lui étaient plus doux. Sa mère n'aurait plus jamais d'inquiétude pour la nourriture. Les jours où l'argent manquerait à la maison, il enfilerait ses bottes de sept lieues. En dix minutes, il aurait achevé son tour de France. A Lyon, il prendrait un morceau de viande à un étal; à Marseille, un pain; à Bordeaux, un légume; un litre de lait à Nantes; un quart de café à Cherbourg. Il se laissait aller à penser qu'il pourrait prendre aussi pour sa mère un bon manteau qui lui tiendrait chaud. Et peut-être une paire de souliers, car elle n'en avait plus qu'une, déjà bien usée. Le jour du terme, si les cent soixante francs du loyer venaient à manquer, il faudrait encore y pourvoir. C'est assez facile. On entre dans une boutique à Lille ou à Carcassonne, une boutique cossue où les clients n'entrent pas en tenant serré dans la main l'argent des commissions. Au moment où une dame reçoit sa monnaie au comptoir, on lui prend les billets des mains et, avant qu'elle ait eu le temps de s'indigner, on est déjà rentré à Montmartre. S'emparer ainsi du bien d'autrui, c'est très gênant, même à l'imaginer dans son lit. Mais avoir faim, c'est gênant aussi. Et, quand on n'a plus de quoi payer le loyer de sa mansarde et qu'il faut l'avouer à sa concierge et faire des promesses au propriétaire, on se sent tout aussi honteux que si l'on avait dérobé le bien d'autrui.

Germaine Buge n'apportait pas moins d'oranges à son fils, pas moins de bonbons et de journaux illustrés que n'en apportaient aux leurs les autres parents. Pourtant, jamais Antoine n'avait eu comme à l'hôpital le sentiment de sa pauvreté, et c'était à cause des visites. A entendre les parents bavarder au chevet des autres malades, la vie paraissait d'une richesse foisonnante, presque invraisemblable. Leurs propos évoquaient toujours une existence compliquée, grouillante de frères, de sœurs, de chiens, de chats ou de canaris, avec des prolongements chez les voisins de palier et aux quatre coins du quartier, aux quatre coins de Paris, en banlieue, en province et jusqu'à l'étranger. Il était question d'un oncle Emile, d'une tante Valentine, de cousins d'Argenteuil, d'une lettre venue de Clermont-Ferrand ou de Belgique. Huchemin par exemple, qui à l'école n'avait l'air de rien, était le cousin d'un aviateur et avait un oncle qui travaillait à l'arsenal de Toulon. Parfois, on annonçait la visite d'un parent demeurant à la porte d'Italie ou à Epinal. Un jour, une famille de cinq personnes venue de Clichy se trouva réunie autour du lit de Naudin, et il en restait à la maison.

Germaine Buge, elle, était toujours seule au chevet d'Antoine et n'apportait de nouvelles de personne. Il n'y avait dans leur vie ni oncles, ni cousins, ni amis. Intimidés par ce dénuement, par la présence et par la loquacité des voisins, ils ne retrouvaient jamais l'abandon et la liberté du premier jour. Germaine parlait de ses ménages, mais brièvement, avec la crainte que ses paroles ne fussent entendues par Frioulat ou par sa mère, car elle soupçonnait qu'il pouvait être désobligeant, pour un fils de commerçants, d'être le voisin de lit du fils d'une femme de ménage. Antoine s'inquiétait de ses repas, lui recommandait de ne pas trop dépenser en bonbons et en journaux illustrés, et craignait aussi d'être entendu. Ils parlaient presque à voix basse et la plus grande partie du temps restaient silencieux à se regarder ou distraits par les conversations à haute voix.

Un après-midi, après l'heure des visites, Frioulat, ordinairement bavard, demeura longtemps muet, le regard fixe, comme ébloui. A Antoine qui lui demandait ce que signifiait son silence, il se contenta d'abord de répondre :

— Mon vieux, c'est formidable.

Il exultait visiblement, et toutefois son bonheur semblait traversé par un remords qui l'arrêtait au bord des confidences. Enfin, il s'y décida :

— J'ai tout raconté à ma mère. Elle va me les acheter. Je les aurai en rentrant chez moi.

Antoine en eut froid au cœur. Les bottes n'étaient déjà plus ce trésor commun où chacun avait pu puiser sans risque d'appauvrir le voisin.

— Je te les prêterai, dit Frioulat.

Antoine secoua la tête. Il en voulait à Frioulat d'avoir parlé à sa mère de ce qui aurait dû rester un secret d'écoliers.

Au sortir de l'hôpital, Mme Frioulat se fit conduire en taxi rue Elysée-des-Beaux-Arts où elle n'eut pas de mal à reconnaître la vitrine que son fils venait de lui décrire. Les bottes y étaient toujours en bonne place. Elle s'attarda quelques minutes à examiner le bric-à-brac et les références manuscrites. Ses connaissances en histoire étaient fort peu de chose, et le stylographe de Campo-Formio ne l'étonna nullement. Elle ne prisait pas beaucoup ce genre de commerce, mais la vitrine lui fit plutôt bonne impression. Une pancarte surtout lui inspira confiance, celle qui portait l'inscription :

« On ne fait crédit qu'aux riches. »

Elle jugea l'avertissement maladroit, mais le marchand lui parut avoir de bons principes. Elle poussa la porte et vit, sous l'ampoule électrique qui éclairait la boutique, un petit vieillard fluet, assis en face d'un grand oiseau empaillé, avec lequel il semblait jouer aux échecs. Sans se soucier de l'entrée de Mme Frioulat, il poussait les pièces sur l'échiquier, jouant tantôt pour lui, tantôt pour son compagnon. De temps à autre, il faisait entendre un ricanement agressif et satisfait, sans doute lorsqu'il venait de jouer pour son propre compte. D'abord ébahie, Mme Frioulat songeait à manifester sa présence, mais soudain le vieillard, à demi dressé sur son siège, l'œil étincelant et l'index menaçant la tête de l'oiseau, se mit à glapir :

— Vous trichez! Ne mentez pas! Vous venez encore de tricher. Vous avez subrepticement déplacé votre cavalier pour couvrir votre reine qui se trouvait doublement menacée et qui allait être prise. Ah! vous en convenez pourtant. Cher monsieur, j'en suis bien aise, mais vous savez ce qui a été entendu tout à l'heure, je confisque donc votre cavalier.

Il ôta en effet une pièce de l'échiquier et la mit dans sa poche. Après quoi, regardant l'oiseau, il eut un rire de gaîté qui dégénéra en une crise de fou rire. Il était retombé sur sa chaise et, penché sur le jeu d'échecs, les mains en croix sur la poitrine, les épaules secouées, riait presque sans bruit, ne laissant passer, de loin en loin, qu'un son aigu, comparable au cri d'une souris. Mme Frioulat, un peu effrayée, se demandait si elle ne ferait pas mieux de gagner la porte. Le vieillard finit par reprendre son sérieux, et s'essuyant les yeux, il dit à son étrange personnage :

— Excusez-moi, mais vous êtes trop drôle quand vous faites cette tête-là. Je vous en prie, ne me regardez pas, je sens que je partirais à rire encore un coup. Vous ne vous en doutez peut-être pas, mais vraiment, vous êtes impayable. Tenez, je veux bien oublier ce qui s'est passé. Je vous rends votre cavalier.

Il tira le cavalier de sa poche et, l'ayant remis

en place, s'absorba dans l'examen de l'échiquier.

Mme Frioulat hésitait encore à prendre un parti. Considérant qu'elle avait fait les frais d'un taxi pour venir à cette boutique, elle se décida à rester et, crescendo, toussa plusieurs fois. A la troisième, le marchand tourna la tête et la regardant avec une curiosité qui n'était pas exempte de reproche, lui demanda :

— Vous jouez sans doute aux échecs?

— Non, répondit Mme Frioulat que la question troublait. Je ne sais pas. Autrefois, je jouais aux dames. Mon grand-père était très fort.

— Bref, vous ne jouez pas aux échecs.

Pendant quelques secondes, il l'examina comme une énigme, avec étonnement et perplexité, semblant se demander pourquoi elle était là. Le problème lui parut insoluble et probablement dénué d'intérêt, car il eut un geste d'indifférence et, revenant à ses échecs, dit en s'adressant à l'oiseau :

— A vous de jouer, monsieur.

Mme Frioulat, décontenancée par l'accueil et par la désinvolture de ce singulier commerçant, resta un moment interdite.

— Ah! ah! dit le vieillard en se frottant les mains. La partie devient intéressante. Je suis curieux de savoir comment vous allez vous tirer de ce mauvais pas.

— Je vous demande pardon, risqua Mme Frioulat, mais je suis une cliente.

Cette fois, le marchand eut un regard de stupéfaction.

— Une cliente!

Un moment, il resta pensif puis, se retournant vers l'oiseau, lui dit à mi-voix :

— Une cliente!

Rêveur, il considérait l'échiquier. Soudain son visage s'éclaira.

— Mais je n'avais pas vu que vous veniez de jouer votre tour. De plus en plus intéressant. Voilà une parade superbe et à laquelle j'étais loin de m'attendre. Mes compliments. La situation est complètement retournée. Cette fois, c'est moi qui suis menacé.

Le voyant de nouveau absorbé par le jeu, Mme Frioulat se jugea offensée et dit en haussant la voix :

— Je ne vais tout de même pas perdre mon après-midi à attendre votre bon plaisir. J'ai autre chose à faire.

— Mais enfin, madame, que désirez-vous?

— Je suis venue pour savoir le prix de la paire de bottes qui est en vitrine.

— C'est trois mille francs, déclara le marchand sans lever le nez de l'échiquier.

— Trois mille francs! Mais vous êtes fou!

— Oui, madame.

Voyons, trois mille francs pour une paire de bottes, mais c'est impossible! Vous ne parlez pas sérieusement.

Cette fois, le vieillard se leva, irrité, et se campant devant la cliente :

— Madame, oui ou non, êtes-vous décidée à mettre trois mille francs dans cette paire de bottes?

— Ah! non, s'écria Mme Frioulat avec véhémence, bien sûr que non!

— Alors, n'en parlons plus, et laissez-moi jouer aux échecs.

En apprenant qu'il allait entrer en possession des bottes de sept lieues, les compagnons de Frioulat manifestèrent un mécontentement si vif qu'il éprouva le besoin de les rassurer.

S'il en avait parlé à sa mère, disait-il, c'était sans le

faire exprès. Du reste, elle n'avait rien promis. Simplement, elle n'avait pas dit non. Mais en se rappelant la joie insolente qu'il avait eu l'imprudence de laisser paraître, on avait du mal à se rassurer. Pendant une journée, il fut presque en quarantaine. On ne lui répondait que du bout des lèvres. Pourtant, le besoin d'espérer finit par être le plus fort. Tout en restant un peu inquiet, on se persuadait que la menace était des plus incertaines. Peu à peu, on parla moins volontiers des bottes et bientôt il n'en fut plus question, du moins ouvertement.

A force de méditer l'exemple de Frioulat, chacun se mit à espérer pour son propre compte et à tirer des plans. Un après-midi, après le départ de sa mère, Huchemin montra un visage rayonnant de bonheur et durant toute la soirée se retrancha dans un mutisme émerveillé. Le lendemain, ce fut le tour de Rogier et de Naudin à être heureux.

Frioulat fut le premier qui sortit de l'hôpital, et comme les autres lui faisaient promettre de venir les voir, il répondit :

— Vous pensez, qu'est-ce que ce sera, pour moi, de venir jusqu'ici!

Durant le trajet de l'hôpital à la maison, qu'il fit avec son père, il ne posa pas de questions, ne voulant point, par délicatesse, gâter à ses parents le plaisir de lui faire la surprise. En arrivant chez lui, personne ne lui parla des bottes, mais il n'en eut point d'inquiétude. Le matin, ses parents étaient occupés à l'épicerie. Sans doute, se réservaient-ils de les lui offrir au moment du repas. En attendant, il alla jouer dans une petite cour à laquelle on accédait par l'arrière-boutique, et se fabriqua un avion de chasse. Il disposait d'éléments variés : caisses, tonneaux, bouteilles, boîtes de conserves entreposés dans la cour. Dans une caisse vide, il installa les instruments de bord, boîtes de saumon et de petit pois, et se fit une mitrailleuse d'une bouteille de cognac. Il naviguait à douze cents mètres, et le ciel était pur, lorsqu'il vit poindre un avion ennemi. Sans perdre la tête une seconde, il monta en chandelle jusqu'à deux mille cinq cents mètres. L'ennemi ne se doutait de rien et mit sa mitrailleuse en action, mais comme il se penchait sur le rebord de la caisse, la bouteille de cognac lui échappa des mains et se brisa sur le pavé. Nullement consterné, il murmura en serrant les dents :

— La vache! il m'a flanqué une balle en plein dans ma mitrailleuse.

Mme Frioulat, qui se trouvait dans l'arrière-boutique, fut alertée par le bruit et vit les débris de la bouteille au milieu d'une flaque de cognac.

— C'est trop fort, gronda-t-elle. Tu n'es pas sitôt rentré à la maison que tu recommences à être intenable. Si au moins tu avais pu rester où tu étais. Une bouteille de cognac supérieur qui vient encore d'être majorée de dix pour cent. Je me proposais d'aller acheter les bottes cet après-midi, mais tu peux leur dire adieu. Ce n'est plus la peine d'en parler. D'ailleurs, cette idée de vouloir à tout prix me faire acheter des bottes, c'est ridicule. Tu en as déjà une paire en caoutchouc qui est presque toute neuve.

Rogier quitta l'hôpital deux jours plus tard. Chez lui, lorsqu'il se décida à parler des bottes, toute la famille parut surprise. Sa mère se souvint pourtant de la promesse qu'elle avait faite et murmura : « Des bottes, oui, en effet. » La voyant ennuyée, le père prit la parole : « Les bottes, dit-il, c'est très joli, mais nous en reparlerons quand tu travailleras un peu mieux en classe. Il ne suffit pas de se casser une jambe pour avoir tous les droits. Quand tu étais au lit, ta mère t'a fait certaines promesses, c'était bien. Maintenant, tu es guéri. Te voilà en bonne santé. Il ne s'agit plus à présent que de rattraper le temps perdu. A la fin de l'année, si tu as bien travaillé, tu en seras récompensé par la satisfaction d'avoir bien travaillé et alors, on pourra peut-être voir, envisager, réfléchir. Rien ne presse, n'est-ce pas? Travaille d'abord. »

Naudin, qui rentra chez lui le surlendemain, y trouva la même déception, mais moins enveloppée. Comme il interrogeait ses parents, sa mère, qui la veille encore avait renouvelé sa promesse, répondit, l'air distrait : « Demande à ton père. » Et celui-ci murmura : « Oh! les bottes! » sur un ton d'indifférence aussi résolue que si sa femme avait prétendu l'intéresser aux causes de la guerre de Trente ans.

Antoine et Huchemin, dont les lits étaient voisins, restèrent encore une semaine à l'hôpital après le départ de Naudin. Leur isolement au milieu de nouveaux venus favorisa une intimité qui fut pour Antoine une épreuve souvent très pénible.

Durant cette semaine-là, il eut encore beaucoup à souffrir de sa pauvreté. Ne trouvant pas dans sa propre vie de quoi étoffer des confidences, il lui fallait écouter celles de Huchemin sans pouvoir y répondre autrement que par des commentaires. Rien n'est plus déprimant que le rôle de confident pauvre. Chacun sait, par exemple, que le vrai drame, dans la tragédie classique, est celui des confidents. C'est pitié de voir ces braves gens, à qui il n'arrive jamais rien, écouter avec une résignation courtoise un raseur complaisant à ses propres aventures. Huchemin, qui découvrait la douceur de pouvoir ennuyer un confident, débordait d'amitié et d'anecdotes sur les membres de sa famille. Ce qui l'incitait particulièrement à parler de ses oncles et de ses tantes, c'était l'espoir qu'il mettait en eux. Sachant par les expériences de Frioulat, de Rogier et de Naudin, qu'il ne fallait guère compter sur la promesse des père et mère, il voulait croire qu'il y avait plus de vertu chez les oncles et les tantes. A l'entendre, les siens étaient prêts à se disputer l'honneur de lui acheter les bottes de sept lieues. Antoine avait les oreilles toutes pleines de ces oncles Jules, Marcel, André, Lucien, de ces tantes Anna, Roberte ou Léontine. Le soir, à l'heure où les autres dormaient, il lui arrivait plus souvent et plus longuement qu'à l'ordinaire de réfléchir à l'étrangeté de son destin à lui, qui était de n'avoir oncle, tante, ni cousin au monde. A moins d'être orphelin, ce qui n'est du reste pas bien rare, il n'aurait pu imaginer famille plus réduite que la sienne. C'était attristant et lassant. Un jour, Antoine eut plein le dos d'être pauvre et confident. Comme Huchemin lui parlait d'une tante Justine, il l'interrompit et lui dit avec désinvolture :

— Ta tante Justine, c'est comme toute ta famille, elle ne m'intéresse pas beaucoup. Tu comprends, j'ai assez à faire à penser à mon oncle qui rentre d'Amérique ces jours-ci.

Huchemin ouvrit les yeux ronds et s'exclama :

— D'Amérique?

— Eh bien, oui, mon oncle Victor.

Antoine était un peu rouge. Il n'avait pas l'habitude de mentir. Sa vie était si simple qu'il n'en éprouvait pas le besoin. Pressé de questions, il fut obligé de soutenir et de développer ce premier mensonge et ce fut sans déplaisir qu'il construisit le personnage de l'oncle Victor. Plus qu'un jeu, c'était une revanche sur la vie et c'était la vie même, tout d'un coup abondante et débordante. L'oncle Victor était un être prestigieux, beau, brave, généreux, fort, ayant son certificat d'études, tuant une personne par semaine et jouant délicieusement de l'harmonica. Assurément, il était homme à se couper en quatre et, en cas de besoin, à passer sur le ventre d'une famille innombrable, pour procurer à son neveu les bottes dont il aurait envie. Et ce n'était pas le prix qui l'arrêterait jamais non plus. Antoine, après avoir langui si longtemps dans un rôle de confident, se déchaînait maintenant avec un enthousiasme et une assurance qui ravageaient le cœur de Huchemin. Celui-ci n'entretenait plus qu'un espoir timide.

Le lendemain matin, Antoine avait la conscience endolorie et regrettait d'avoir cédé la veille à son imagination impatiente. L'oncle Victor était gênant, lourd, indiscret, effrayant aussi par l'importance qu'il avait déjà. Antoine essaya de l'oublier et de l'ignorer, mais l'oncle avait une personnalité forte et originale qui s'imposait. Peu à peu, il s'y habitua et, les jours suivants, il s'accommoda si bien de ce compagnon qu'il n'aurait pu se passer d'en parler. Sa conscience ne le talait presque plus, sauf aux heures de visite, lorsque sa mère était là. Il aurait souhaité lui faire connaître l'oncle Victor et l'enrichir, elle aussi, de cette parenté magnifique, mais il ne savait comment s'y prendre. Il ne pouvait lui demander de se faire la complice d'un mensonge. Il avait bien pensé au conditionnel enfantin : « On aurait un oncle, il serait en Amérique, il s'appellerait l'oncle Victor. » Mais sa mère, qui avait eu sans doute une enfance plus dure que la sienne, était fermée à toute notion de jeu. De son côté, Germaine Buge soupçonnait un mystère et ils souffraient tous les deux de ne pouvoir communiquer.

Antoine voyait venir avec une vive appréhension le temps de sortir de l'hôpital. Ses amis lui diraient : « Tiens, ton oncle est rentré d'Amérique, mais les bottes sont toujours dans la vitrine. » Répondre que l'oncle Victor avait retardé son voyage au dernier moment, c'était dangereux. Un héros, s'il n'est pas là où l'on a besoin de sa valeur, n'est qu'un mensonge ou une illusion. Les copains diraient « Mon œil », diraient « Chez qui? », diraient « Ton oncle, des fois, il ne serait pas dans le cinéma? »

Antoine et Huchemin quittèrent l'hôpital le même jour, par un matin de pluie glaciale qui faisait regretter la tiédeur des salles. Ils ne partirent pas ensemble. Antoine dut attendre sa mère, retenue par un ménage à la boucherie Lefort. Il en était à souhaiter qu'elle ne vînt pas, tant le personnage de l'oncle Victor lui apparaissait maintenant redoutable. Germaine Buge arriva tard, car, pour ne pas désobliger M. Lefort qui tenait à lui faire faire cinq cents mètres dans sa voiture, elle l'avait attendu près d'une heure à la boucherie.

Antoine, qui faisait ses premiers pas dehors, marchait avec hésitation, les jambes mal habituées. Malgré le vent et la pluie, il ne voulut pas laisser faire à sa mère la dépense d'un taxi et ils entreprirent de rentrer à pied. Ils allaient doucement, mais la montée de Montmartre était rude, le temps couleur d'ardoise, et l'enfant, fatigué, se décourageait. Il n'avait plus la force de répondre aux paroles de sa mère. En pensant aux sept étages qu'il lui faudrait monter, il pleurait sous son capuchon. Mais plus éreintant que l'ascension des étages fut l'arrêt dans la loge de la concierge. Elle le questionnait avec le mépris cordial qu'ont souvent les gens pauvres pour plus pauvres qu'eux et croyait devoir lui parler très fort, comme elle parlait ordinairement aux êtres bornés ou insignifiants. Il dut lui montrer sa jambe, l'endroit où il y avait eu fracture, et fournir des explications. Germaine Buge aurait souhaité abréger la corvée, mais elle craignait de mécontenter un personnage aussi influent. Antoine fut encore obligé de remercier la concierge qui s'offrit le plaisir de lui donner dix sous.

En entrant dans la mansarde, il eut un saisissement, car le papier de tenture avait été changé. Sa mère l'observait, inquiète de l'accueil qu'il ferait à cette surprise. Il sourit avec effort pour dissimuler sa déconvenue. Il s'apercevait, en effet, qu'il avait aimé l'ancien papier, tout écorché qu'il fût et loqueteux et noirci, le motif fondu par l'usure et la crasse. Sur ces murs sombres, ses yeux avaient appris à reconnaître des paysages de sa création et des bêtes et des gens qui bougeaient à la tombée du jour. Le papier neuf, d'un vert pâle, qui semblait déjà passé, était semé de minuscules bourgeons d'un vert plus foncé. Mince et mal collé par un ouvrier de fortune, il paraissait maladif. Germaine Buge avait allumé le feu et, à cause du temps, le poêle fumait, ce qui obligea à ouvrir la fenêtre, par où s'engouffrant le vent et la pluie, il fallut ruser avec les éléments et adopter un compromis. Antoine, assis sur son lit considérait la vie avec cette lucidité de petit jour que connaissent parfois les enfants au sortir d'une maladie. La table mise, sa mère lui dit, en servant le potage :

— Tu es content?

Et souriante, elle regardait les murs maladifs.

— Oui, dit Antoine, je suis content. C'est joli.

— J'ai bien hésité, tu sais. Il y en avait un autre, rose et blanc, mais c'était salissant. J'avais bien envie de te montrer les échantillons pour que tu choisisses, mais j'ai pensé, pour la surprise, ce serait dommage. Alors, c'est vrai, tu es content?

— Oui, répéta Antoine, je suis content.

Il se mit à pleurer, sans bruit, des larmes qui ne semblaient pas près de tarir, abondantes et régulières. « Tu as mal? disait sa mère. Tu t'ennuies? Tu regrettes tes camarades? » Il secouait la tête. Se souvenant de l'avoir vu pleurer ainsi sur leur pauvreté, elle lui fit voir que la situation était des plus rassurantes. Elle venait de payer le loyer. De ce côté-là, ils étaient tranquilles pour trois mois. Elle avait trouvé, la semaine précédente, une heure et demie de ménage, le matin très tôt, et l'on était content de son travail.

— Et puis je ne t'ai pas dit, c'est arrivé hier tantôt. Le chien de Mlle Larrisson est crevé. Pauvre Flic, ce n'était pas une mauvaise bête, mais puisqu'il est mort, autant que ce soit nous qui en profitions. A partir de maintenant, je pourrai emporter les restes de Mlle Larrisson. Elle me l'a offert gentiment.

Antoine aurait voulu répondre à ces sourires de la vie par des paroles de reconnaissance, mais il restait accablé et cette mélancolie donnait tant d'inquiétude à sa mère qu'elle hésitait à le laisser seul une partie de l'après-midi. A une heure et demie, le voyant plus apaisé, elle se décida pourtant à aller faire ses deux heures de ménage chez Mlle Larrisson, qui trouva d'ailleurs à redire à la façon dont elle travailla.

Germaine Buge, que tourmentait le secret chagrin d'Antoine, eut l'idée de se rendre à la sortie de l'école et d'interroger quelqu'un de ses camarades. Elle connaissait surtout le petit Baranquin pour s'être trouvée avec lui au chevet d'Antoine ou devant l'hôpital. Le résultat de l'entretien dépassa ses espérances. Baranquin n'hésita pas une seconde quant aux raisons de la mélancolie d'Antoine. D'un seul coup, la mère apprit l'histoire des bottes et celle de l'oncle Victor d'Amérique.

Rue Elysée-des-Beaux-Arts, après s'être perdue dans d'autres rues, Germaine Buge finit par découvrir la boutique de bric-à-brac L'étalage était éclairé, mais elle ne put ouvrir la porte. Elle essayait encore de tourner le bec-de-cane lorsque le marchand, écartant un coin de la descente de lit qui aveuglait la glace de la porte, lui fit signe de s'éloigner. Germaine ne comprit pas et lui montra les bottes dans la vitrine. Enfin, le vieillard entrebâilla la porte et lui dit :

— Vous ne comprenez pas? le magasin est fermé.

— Fermé? s'étonna Germaine. Il n'est pas six heures.

— Mais le magasin n'a pas ouvert ce matin. C'est aujourd'hui ma fête. Vous voyez.

Ce disant, il apparut tout entier dans l'ouverture et Germaine vit qu'il était en habit et de blanc cravaté. Elle lui expliqua l'objet de sa visite, lui parla d'Antoine qui l'attendait chez elle, mais il ne voulut pas l'entendre.

— Madame, je suis au désespoir, mais je vous répète que c'est aujourd'hui ma fête. J'ai justement là un ami qui est venu me voir.

Il jeta un coup d'œil en arrière et ajouta en baissant la voix :

— Il est inquiet. Il se demande à qui je parle. Entrez, et faites comme si vous étiez venue me souhaiter ma fête. Il va être furieux, parce qu'il est horriblement jaloux et que tout en moi lui porte ombrage, mais je ne serai pas fâché de lui donner encore une leçon.

Germaine saisit l'occasion et entra derrière le vieillard. Il n'y avait dans la boutique que le grand oiseau dont lui avait parlé Baranquin. L'échassier lui parut d'autant plus remarquable qu'il était affublé d'une cravate blanche nouée au milieu de son long cou et d'un monocle qu'un ruban noir attachait à l'une des ailes.

Le marchand cligna de l'œil vers Germaine et lui dit du plus fort qu'il put :

— Princesse, quelle bonté d'avoir bien voulu vous souvenir de votre vieil ami et quelle jolie surprise pour moi.

A la dérobée, il regarda l'oiseau pour juger de l'effet produit par ces paroles et eut un sourire méchant. Germaine, éberluée, ne savait quelle contenance prendre, mais le marchand était d'une loquacité telle qu'il faisait à lui seul les frais de l'entretien, ce qui la mit à l'aise. Au bout d'un moment, il se tourna vers l'oiseau et l'informa d'une voix triomphante :

— La princesse me donne entièrement raison. La maréchale d'Ancre a été la cause de tout.

Oubliant la princesse et lui tournant le dos, il se jeta dans une discussion historique où il ne parut pas avoir l'avantage, car il finit par rester silencieux en regardant l'oiseau avec un air de rancune. Germaine, qui trouvait le temps long, profita de ce silence pour lui rappeler qu'elle était venue dans sa boutique avec l'intention d'acheter les bottes.

— C'est curieux, fit observer le marchand. Depuis quelque temps, on me les demande beaucoup.

— Combien valent-elles?

— Trois mille francs.

Il avait répondu comme distraitement et il ne parut pas prendre garde à l'effarement de la cliente. Tout à coup, il eut un sursaut et s'écria d'une voix indignée en regardant l'oiseau :

— Naturellement, vous n'êtes pas d'accord non plus!

Vous trouvez que les bottes ne valent pas trois mille francs. Allons, dites-le, ne vous gênez pas. Aujourd'hui que vous avez un monocle, tout vous est permis.

Après un court silence, il se tourna vers Germaine et lui dit avec un sourire amer :

— Vous l'avez entendu. Il paraît que mes bottes valent tout juste vingt-cinq francs. Eh bien! soit. Emportez-les pour vingt-cinq francs. Il est entendu que je ne suis plus rien ici. Il est entendu que Monsieur est le maître. Prenez-les, madame.

Il alla chercher les bottes dans la vitrine, les enveloppa dans un journal et les tendit à Germaine :

— Misérable, dit-il à l'oiseau, vous me faites perdre deux mille neuf cent soixante-quinze francs.

Germaine, qui ouvrait son porte-monnaie à ce moment-là, fut gênée par cette réflexion.

— Je ne voudrais pas profiter, dit-elle au vieillard.

— Laissez donc, murmura-t-il, je vais lui faire son affaire. C'est un envieux et un méchant. Je vais le tuer d'un bon coup d'épée.

Tandis qu'il prenait les vingt-cinq francs, Germaine vit sa main trembler de colère. Quand il eut les pièces, il se retourna et, à toute volée, les jeta à la tête de l'oiseau, brisant le monocle dont un fragment se balança au bout du ruban de moire. Puis, sans reprendre haleine, il s'empara d'un vieux sabre qui se trouvait en vitrine et dégaina. Germaine Buge s'enfuit avec ses bottes sans attendre le dénouement. Dehors, elle eut l'idée de prévenir un agent ou au moins un voisin. Il lui semblait que l'oiseau fût vraiment en danger. A la réflexion, elle se dit qu'une pareille démarche était sans utilité et risquait de lui attirer des ennuis.

En voyant les bottes, Antoine devint rouge et heureux

et il lui sembla que le triste papier neuf qui tapissait les murs était d'un joli vert pomme de printemps. Le soir, quand sa mère fut endormie, il se leva sans bruit, s'habilla et enfila les bottes de sept lieues. Nuit noire, il traversa la mansarde à tâtons et après avoir ouvert la fenêtre avec de longues précautions, grimpa sur le bord du chéneau. Un premier bond le porta en banlieue, à Rosny-sous-Bois; un deuxième dans le département de Seine-et-Marne. En dix minutes, il fut à l'autre bout de la terre et s'arrêta dans un grand pré pour y cueillir une brassée des premiers rayons du soleil qu'il noua d'un fil de la Vierge.

Antoine retrouva facilement la mansarde où il se glissa sans bruit. Sur le petit lit de sa mère, il posa sa brassée brillante dont la lueur éclaira le visage endormi et il trouva qu'elle était moins fatiguée.

L'HUISSIER

Il y avait, dans une petite ville de France, un huissier qui s'appelait Malicorne et il était si scrupuleux dans l'accomplissement de son triste ministère qu'il n'eût pas hésité à saisir ses propres meubles, mais l'occasion ne s'en présenta pas et, du reste, il paraît que la loi ne permet pas à un huissier d'instrumenter contre lui-même. Une nuit qu'il reposait auprès de sa femme, Malicorne mourut en dormant et fut aussitôt admis à comparaître devant saint Pierre, qui juge en première instance. Le grand saint Porte-Clés l'accueillit froidement.

— Vous vous appelez Malicorne et vous êtes huissier. Il n'y en a guère au Paradis.

— Ça ne fait rien, répondit Malicorne. Je ne tiens pas autrement à être avec des confrères.

Tout en surveillant la mise en place d'une immense cuve, apparemment remplie d'eau, qu'une troupe d'anges venait d'apporter, saint Pierre eut un sourire d'ironie.

— Il me semble, mon garçon, que vous avez pas mal d'illusions.

— J'espère, dit Malicorne, voilà tout. D'ailleurs, je me sens la conscience plutôt tranquille. Bien entendu, je suis un abominable pécheur, un vase d'iniquités, une vermine impure. Ceci dit, il reste que je n'ai jamais fait tort d'un sou à personne, que j'allais régulièrement à la messe et que je m'acquittais des devoirs de ma charge d'huissier à la satisfaction générale.

— Vraiment? fit saint Pierre. Regardez donc cette grande cuve qui vient de monter au ciel avec votre dernier soupir. Que croyez-vous qu'elle contienne?

— Je n'en ai pas la moindre idée.

— Eh bien, elle est pleine des larmes de la veuve et de l'orphelin que vous avez réduits au désespoir.

L'huissier considéra la cuve et son amer contenu et repartit sans se démonter :

— C'est bien possible. Quand la veuve et l'orphelin sont des mauvais payeurs, il faut recourir à la saisie mobilière. Ceci ne va pas sans des pleurs et des grincements de dents, vous pensez bien. Aussi n'est-il pas surprenant que la cuve soit pleine. Dieu merci, mes affaires marchaient bien et je n'ai pas chômé.

Tant de paisible cynisme indigna saint Pierre qui s'écria en se tournant vers les anges :

— En Enfer! Qu'on me l'accommode d'un bon feu et qu'on m'entretienne ses brûlures pour l'éternité en les arrosant deux fois par jour avec les larmes de la veuve et de l'orphelin!

Déjà les anges se précipitaient. Malicorne les arrêta d'un geste très ferme.

— Minute, dit-il. J'en appelle à Dieu de ce jugement inique.

La procédure est la procédure. Saint Pierre, rageur, dut suspendre l'exécution de sa sentence. Dieu ne se fit pas attendre et, précédé d'un roulement de tonnerre, entra sur un nuage. Lui non plus ne paraissait pas avoir les huissiers en grande faveur. On le vit bien à sa façon bourrue d'interroger Malicorne.

— Mon Dieu, répondit celui-ci, voilà ce qui se passe. Saint Pierre m'impute les larmes de la veuve et de l'orphelin que j'ai fait couler dans l'exercice de ma charge d'huissier, et il dispose que ces larmes brûlantes seront l'instrument de mon supplice éternel. C'est une injustice.

— Evidemment, dit Dieu en se tournant vers saint Pierre avec un front sévère. L'huissier qui saisit les meubles du pauvre n'est que l'instrument de la loi humaine dont il n'est pas responsable. Il ne peut que le plaindre dans son cœur.

— Justement! s'écria saint Pierre. Celui-ci, loin d'accorder une pensée pitoyable au souvenir de ses victimes, en parlait tout à l'heure avec une horrible allégresse et s'y complaisait cyniquement.

— Pas du tout, riposta Malicorne. Je me réjouissais d'avoir été toujours exact à remplir mes fonctions et aussi de ce que le travail ne m'ait pas manqué. Est-ce donc un crime d'aimer son métier et de le bien faire?

— En général, ce n'est pas un crime, accorda Dieu, au contraire. Votre cas est assez particulier; mais, enfin, je veux bien reconnaître que le jugement de saint Pierre a été hâtif. Voyons maintenant vos bonnes œuvres. Où sont-elles?

— Mon Dieu, comme je le disais tout à l'heure à saint Pierre, je suis mort sans rien devoir à personne, et j'ai toujours été ponctuel aux offices.

— Et encore?

— Et encore? Voyons, je me souviens qu'en sortant de la messe, il y a une quinzaine d'années, j'ai donné dix sous à un pauvre.

— C'est exact, fit observer saint Pierre. C'était d'ailleurs une pièce fausse.

— Je suis tranquille, dit Malicorne. Il aura bien trouvé le moyen de la faire passer.

— Est-ce là tout votre actif?

— Mon Dieu, je me souviens mal. On dit que la main gauche doit ignorer ce que donne la main droite.

Il fut trop facile de vérifier que ces belles paroles ne cachaient aucune bonne action, ni aucune bonne pensée dont une âme se pût prévaloir devant le tribunal suprême. Dieu paraissait très contrarié. Parlant en hébreu, afin de n'être pas entendu de l'huissier, il dit à saint Pierre :

— Votre imprudence nous aura mis dans un mauvais pas. Evidemment, cet huissier est un bonhomme peu intéressant qui avait sa place toute trouvée en Enfer, mais votre accusation portait à faux et, de plus, vous l'avez gravement offensé dans sa fierté professionnelle. Nous lui devons réparation. Et que voulez-vous que je fasse de lui? Je ne peux pourtant pas lui ouvrir les portes du Paradis. Ce serait un scandale. Alors?

Saint Pierre gardait un silence maussade. S'il n'avait tenu qu'à lui, le sort de l'huissier eût été bientôt réglé.

Le laissant à sa mauvaise humeur, Dieu se tourna vers Malicorne et lui dit en bon français :

— Vous êtes un méchant, mais l'erreur de saint Pierre vous sauve. Il ne sera pas dit que vous avez échappé à l'Enfer pour retomber en Enfer. Comme vous êtes indigne d'entrer au Paradis, je vous renvoie sur la terre poursuivre votre carrière d'huissier et essayer de ressaisir votre chance de béatitude. Allez et profitez de ce sursis qui vous est accordé.

Le lendemain matin, en s'éveillant auprès de son épouse, Malicorne aurait pu croire qu'il avait rêvé, mais il ne s'y trompa point et réfléchit aux moyens de faire son salut. Il y pensait encore lorsqu'il pénétra dans son étude, à huit heures. Son clerc, le vieux Bourrichon, qui travaillait avec lui depuis trente ans, était déjà assis à sa table.

— Bourrichon, dit l'huissier en entrant, je vous augmente de cinquante francs par mois.

— Vous êtes trop bon, monsieur Malicorne, protesta Bourrichon en joignant les mains. Merci bien, monsieur Malicorne.

L'expression de cette gratitude n'émut pas le cœur de l'huissier. Dans un placard, il s'en fut prendre un cahier neuf et, d'un trait vertical, partagea la première page en deux colonnes. En tête de la colonne de gauche, il traça ces mots en lettres rondes : « Mauvaises actions », et dans l'autre, en regard : « Bonnes actions ». Il se promit d'être sévère à lui-même et de n'oublier rien qui pût témoigner contre lui. Ce fut dans cet esprit d'austère équité qu'il examina son emploi du temps de ce début de matinée. Il ne trouva rien à faire figurer dans la colonne de gauche, et il écrivit au chapitre des bonnes actions : « J'ai, spontanément, augmenté de cinquante francs par mois mon clerc Bourrichon qui ne le méritait pourtant pas. »

Vers neuf heures, il eut la visite de M. Gorgerin, son meilleur client. C'était un gros propriétaire possédant quarante-deux immeubles dans la ville, et que le défaut d'argent de certains de ses locataires obligeait à recourir très souvent au ministère de Malicorne. Cette fois, il venait l'entretenir d'une famille besogneuse qui était en retard de deux termes.

— Je ne peux plus attendre. Voilà six mois que je me contente de promesses. Qu'on en finisse.

Malicorne, non sans répugnance, fit l'effort de plaider la cause de ces mauvais locataires.

— Je me demande si votre intérêt ne serait pas de leur accorder encore des délais. Leurs meubles ne valent pas quatre sous. Le produit de la vente ne couvrira pas le dixième de votre créance.

— Je le sais bien, soupira Gorgerin. J'ai été trop bon. On est toujours trop bon. Ces gens-là en abusent. C'est pourquoi je viens vous demander de faire le nécessaire. Songez que j'ai cent cinquante et un locataires. Si le bruit venait à courir que je suis bon, je n'arriverais plus à encaisser seulement la moitié de mes loyers.

— C'est évident, convint Malicorne. En toutes choses, il faut considérer la fin. Mais, rassurez-vous, monsieur Gorgerin. Moi qui vois pas mal de monde, je n'ai entendu dire nulle part que vous étiez bon.

— Tant mieux, ma foi.

— D'une certaine façon, peut-être, en effet.

Malicorne n'osa pas achever sa pensée. Il rêvait à la situation confortable d'un pécheur arrivant devant le tribunal de Dieu, précédé de la rumeur de toute une ville qui témoignait de sa bonté. Après avoir reconduit son client jusqu'à la porte, il s'en fut tout droit à la cuisine et, en présence de sa femme épouvantée, dit à la servante :

— Mélanie, je vous augmente de cinquante francs par mois.

Sans attendre les remerciements, il revint à l'étude et écrivit sur son cahier, dans la colonne des bonnes actions : « J'ai, spontanément, augmenté de cinquante francs par mois ma servante Mélanie qui est pourtant un souillon. » N'ayant plus personne à augmenter, il s'en alla dans les bas quartiers de la ville, où il visita quelques familles pauvres. Les hôtes ne le voyaient pas entrer sans appréhension et l'accueillaient avec une réserve hostile, mais il se hâtait de les rassurer et laissait en partant un billet de cinquante francs. En général, lorsqu'il était sorti, ses obligés empochaient l'argent en grommelant : « Vieux voleur (ou vieil assassin, ou vieux grippe-sou), il peut bien faire la charité avec tout ce qu'il a gagné sur notre misère. » Mais c'était là plutôt une façon de parler qu'imposait la pudeur d'un revirement d'opinion.

Au soir de sa résurrection, Malicorne avait inscrit dans son cahier douze bonnes actions qui lui revenaient à six cents francs, et pas une mauvaise. Le lendemain et les jours suivants, il continua de distribuer de l'argent aux familles nécessiteuses. Il s'était imposé une moyenne quotidienne de douze bonnes actions, qu'il portait à quinze ou seize quand son foie ou son estomac lui inspirait des inquiétudes. Une digestion un peu laborieuse de l'huissier valut ainsi une nouvelle augmentation de cinquante francs à Bourrichon qui, naguère encore, redoutait ce genre de malaise dont il faisait presque toujours les frais.

Tant de bienfaits ne pouvaient passer inaperçus. Le bruit courut en ville que Malicorne préparait les voies à une candidature électorale, car on le connaissait de trop longue date pour admettre qu'il agissait dans un but désintéressé. Il eut un instant de découragement, mais en songeant à l'importance de l'enjeu, il se ressaisit bien vite et redoubla de charités. Au lieu de borner sa générosité à des aumônes aux particuliers, il eut l'idée de faire des dons à l'œuvre des Dames Patronnesses de la ville, au curé de sa paroisse, à des sociétés de secours mutuels, à la Fraternelle des pompiers, à l'Amicale des anciens élèves du collège et à toutes les œuvres, chrétiennes ou laïques, constituées sous la présidence d'un personnage influent.

En quatre mois, il eut dépensé ainsi près d'un dixième de sa fortune, mais sa réputation était solidement établie. On le donnait dans toute la ville comme un modèle de charité, et son exemple fut si entraînant que les dons se mirent à affluer de toutes parts aux entreprises philanthropiques, en sorte que les comités directeurs purent organiser de nombreux banquets où la chère était fine, abondante, et où l'on tenait des propos édifiants. Les pauvres eux-mêmes ne marchandaient plus leur gratitude à Malicorne dont la bonté devint proverbiale. On disait couramment : « Bon comme Malicorne », et il arrivait même assez souvent, et de plus en plus, qu'à cette locution, sans trop y penser, on en substituât une autre, si étonnante et si insolite qu'elle sonnait à des oreilles étrangères comme une plaisanterie un peu agressive. On disait en effet : « Bon comme un huissier. »

Malicorne n'eut plus qu'à entretenir cette réputation et, tout en persévérant dans ses bonnes œuvres, attendit d'un cœur tranquille que Dieu voulût bien le rappeler à lui. Lorsqu'il apportait un don à l'œuvre des Dames Patronnesses, la présidente, Mme de Saint-Onuphre, lui disait avec tendresse : « Monsieur Malicorne, vous êtes un saint. » Et il protestait avec humilité : « Oh! madame, un saint, c'est trop dire. J'en suis encore loin. »

Sa femme, ménagère pratique et économe, trouvait que toute cette bonté revenait cher. Elle se montrait d'autant plus irritée que la vraie raison de ces prodigalités ne lui échappait pas. « Tu achètes ta part de paradis, disait-elle assez crûment, mais tu ne donnes pas un sou pour la mienne. Je reconnais bien là ton égoïsme. » Malicorne protestait mollement qu'il donnait pour le plaisir de donner, mais ce reproche lui était sensible, et il n'avait pas la conscience en paix, si bien qu'il autorisa sa femme à faire toutes dépenses qu'elle jugerait utiles pour entrer au ciel. Elle déclina cette offre généreuse avec indignation, et il ne put se défendre d'en éprouver un vif soulagement.

Au bout d'un an, l'huissier, qui continuait à tenir registre de ses bonnes actions, en avait rempli six cahiers du format écolier. A chaque instant, il les sortait de leur tiroir, les soupesait avec bonheur et parfois s'attardait à les feuilleter. Rien n'était réconfortant comme la vue de toutes ces pages, où les bonnes œuvres s'inscrivaient en colonnes serrées, à côté des grandes marges blanches, dont la plupart étaient vierges de mauvaises actions. Malicorne, avec un avant-goût de béatitude, rêvait à l'heure où il comparaîtrait, chargé de ce bagage imposant.

Un matin qu'il venait de saisir les meubles d'un chômeur, l'huissier, tandis qu'il marchait par les ruelles du bas quartier, se sentit troublé et inquiet. C'était une espèce d'incertitude poignante et mélancolique ne se rapportant à aucun objet précis et qu'il ne lui souvenait pas d'avoir jamais éprouvée. Pourtant, il avait accompli son devoir sans peur et sans vaine pitié et, après l'opération, en faisant au chômeur la charité d'un billet de cinquante francs, il n'avait même pas été ému.

Rue de la Poterne, il franchit le seuil d'une vieille maison de misère, humide et puante, qui appartenait à son client, M. Gorgerin. Il la connaissait de longue date pour avoir instrumenté contre plusieurs locataires, et il y était venu la veille distribuer quelques aumônes. Il lui restait à visiter le troisième étage. Après avoir suivi un couloir obscur, aux murailles poisseuses et grimpé trois rampes, il déboucha dans une étrange lumière de grenier. Le troisième et dernier étage n'était éclairé que par une lucarne qui s'ouvrait dans un renfoncement du toit mansardé. Malicorne, un peu essoufflé par la montée, s'arrêta un instant à examiner les lieux. Le plâtre des cloisons mansardées, sous l'effet de l'humidité, formait des boursouflures dont plusieurs avaient éclaté, laissant apparaître, comme un fond d'abcès, le bois noir et pourri d'un chevron ou du lattis. Sous la lucarne, une cuvette de fer et une serpillière posées à même le plancher que ces précautions ne protégeaient sans doute pas suffisamment des infiltrations d'eau de pluie, car il était rongé et vermoulu et avait, par endroits, le moelleux d'un tapis. Ni l'aspect de ce palier sombre et étroit, ni le relent fade qu'on y respirait, n'avaient de quoi surprendre l'huissier qui en avait vu bien d'autres au cours de sa carrière. Pourtant, son inquiétude était devenue plus lancinante, et il lui semblait qu'elle fût sur le point de prendre un sens. Il entendit pleurer un enfant dans l'un des deux logements qui ouvraient sur le palier, mais ne sut reconnaître avec certitude de quel côté venait la voix, et frappa au hasard à l'une des deux portes.

Le logement était de deux pièces en enfilade, étroites comme un couloir, et la première, qui ne recevait de jour que par la porte vitrée de communication, était encore plus sombre que le palier. Une femme mince, au visage très jeune, mais fatigué, accueillit Malicorne. Un enfant de deux ans se tenait dans ses jupes, les yeux humides et regardant le visiteur avec une curiosité qui, déjà, lui faisait oublier son chagrin. La seconde pièce, dans laquelle fut introduit l'huissier, était meublée d'un lit de sangle, d'une petite table en bois blanc, de deux chaises et d'une vieille machine à coudre placée devant la fenêtre mansardée qui donnait sur des toits. La misère de cet intérieur n'offrait rien non plus qu'il n'eût déjà vu ailleurs; mais, pour la première fois de sa vie, Malicorne se sentait intimidé en entrant chez un pauvre. Habituellement, ses visites de charité étaient des plus brèves. Sans s'asseoir, il posait quelques questions précises, débitait une formule d'encouragement et, lâchant son aumône, prenait aussitôt la porte. Cette fois, il ne savait plus très bien pourquoi il était venu et ne pensait plus à mettre la main à son portefeuille. Les idées tremblaient dans sa tête et les paroles sur ses lèvres. Il osait à peine lever les yeux sur la petite couturière en songeant à sa profession d'huissier. De son côté, elle n'était pas moins intimidée, quoique sa réputation d'homme charitable lui fût connue depuis longtemps. L'enfant fit presque tous les frais de l'entretien. D'abord craintif, il ne tarda pas à s'apprivoiser et, de lui-même, monta sur les genoux de Malicorne. Celui-ci eut un regret si vif de n'avoir pas de bonbons qu'il sentit une petite envie de pleurer. Soudain, on entendit frapper rudement à la porte, comme à coups de canne. La couturière parut bouleversée et passa dans l'autre pièce dont elle ferma la porte de communication.

— Alors? dit une grosse voix rogue, que Malicorne reconnut pour être celle de Gorgerin. Alors? J'espère que c'est pour aujourd'hui?

La réponse parvint à l'huissier comme un murmure indistinct, mais le sens était trop facile à saisir. Gorgerin se mit à rugir d'une voix terrible qui effraya l'enfant et dut emplir toute la maison :

— Ah! non! J'en ai assez, moi! Vous ne me paierez plus avec des balivernes. Je veux mon argent. Donnez-moi mon argent, et tout de suite! Allons, montrez-moi où vous mettez vos économies. Je veux les voir.

Dans un autre temps, Malicorne eût admiré en connaisseur l'entrain avec lequel Gorgerin menait la rude besogne qui consiste à encaisser les loyers des pauvres. Mais il éprouvait le même sentiment de crainte qui faisait battre le cœur de l'enfant réfugié dans ses bras.

— Allons, sortez votre argent! clamait Gorgerin. Donnez-le, ou je saurai bien le trouver, moi!

L'huissier se leva et, posant l'enfant sur la chaise, passa dans l'autre pièce sans intention précise.

— Tiens! s'écria Gorgerin. J'allais parler du loup, et le voilà qui sort du bois.

— Décampez! ordonna l'huissier.

Interloqué, Gorgerin le considérait avec des yeux stupides.

— Décampez! répéta Malicorne.

— Voyons, vous perdez la tête. Je suis le propriétaire.

Effectivement, Malicorne perdait la tête, car il se rua sur Gorgerin et le jeta hors du logis en vociférant :

— Un sale cochon de propriétaire, oui. A bas les propriétaires! A bas les propriétaires!

Craignant pour sa vie, Gorgerin tira un revolver et, ajustant l'huissier, l'étendit roide mort sur le petit palier, à côté de la cuvette et de la serpillière.

Dieu se trouvait à passer par la salle d'audience, lorsque Malicorne fut admis à comparaître.

— Ah! dit-il, voici revenir notre huissier. Et comment s'est-il comporté?

— Ma foi, répondit saint Pierre, je vois que son compte ne sera pas long à régler.

— Voyons un peu ses bonnes œuvres.

— Oh! ne parlons pas de ses bonnes œuvres. Il n'en a qu'une à son actif.

Ici, saint Pierre considéra Malicorne avec un sourire attendri. L'huissier voulut protester et faire état de toutes les bonnes actions inscrites dans ses cahiers, mais le saint ne lui laissa pas la parole.

— Oui, une seule bonne œuvre, mais qui est de poids. Il a crié, lui, un huissier : « A bas les propriétaires! »

— Que c'est beau, murmura Dieu. Que c'est beau.

— Il l'a crié par deux fois, et il en est mort au moment même où il défendait une pauvresse contre la férocité de son propriétaire.

Dieu, émerveillé, commanda aux anges de jouer, en l'honneur de Malicorne, du luth, de la viole, du hautbois et du flageolet. Ensuite, il fit ouvrir les portes du ciel à deux battants, comme cela se fait pour les déshérités, les clochards, les claque-dents et les condamnés à mort. Et l'huissier, porté par un air de musique, entra au Paradis avec un rond de lumière sur la tête.

EN ATTENDANT

Pendant la guerre de 1939-1972, il y avait à Montmartre, à la porte d'une épicerie de la rue Caulaincourt, une queue de quatorze personnes, lesquelles s'étant prises d'amitié, décidèrent de ne plus se quitter.

— Moi, dit un vieillard, je n'ai guère envie de rentrer. Ce qui m'attend chez moi, c'est pas de feu et tout seul pour manger mon pain, deux cents grammes par jour et pas grand-chose à mettre avec. Ma femme est morte il y a un mois. Ce n'est pas tant les privations et, si je vous le disais, vous ne me croiriez pas, elle est morte à propos d'un renard. Sans la guerre, elle serait du monde et, comme elle disait, on n'avait pas mérité ça. Ce n'est pas pour me plaindre, allez, mais dans la vie j'ai travaillé, et qu'est-ce qui m'en reste, à présent? Juste la fatigue de mes peines. Pendant quarante ans j'ai été vendeur dans les tissus d'ameublement. C'est des métiers durs, il ne semble pas, mais toute la journée sur ses jambes et l'œil au client, toujours le sourire, toujours la réplique et l'air d'être là. Le chef de rayon sur le dos à vous surveiller et, raison ou pas, quand il vous passe un abattage, vous n'avez qu'à vous incliner. C'est ça ou bien prendre la porte. Et on gagnait juste de quoi vivre. Le fixe payait le loyer à peine, et la guelte, ce n'était pas le Pérou non plus. Pour vous représenter, l'un dans l'autre, en 1913, c'était cent quatre-vingts par mois. Mettez aussi trois filles qu'il a fallu élever, ma femme, par le fait, empêchée de gagner. Elle ne l'avait pas rose non plus : deux filles pas bien fortes, toujours une malade, et le souci de faire avec pas grand-chose. Par là-dessus, 1914 et simple soldat, à l'arrière bien sûr, mais cinq ans ou presque à ne rien gagner. Je rentre en 1919, ma place était prise. Enfin, j'arrive à me caser chez Bourakim et Balandra. Dans ces années-là, la vente marchait bien. Je me faisais des bonnes gueltes, les filles commençaient à gagner aussi. Ma femme me disait, cette fois, on va quand même vers le meilleur. Mais moi, j'étais sur mes quarante-huit ans, je voyais venir le temps qu'il faudrait remiser. Quand elle poussait à la dépense, moi je lui parlais économie. Ma femme était restée jolie, plus toute jeune, bien sûr, mais jolie quand même, et d'être coquette, le temps et l'argent lui avaient manqué. Vous dire qu'elle y pensait maintenant, ce n'était pas tout à fait ça. La vérité, c'est qu'elle avait plutôt des regrets ou, si vous voulez, des idées, si bien qu'elle finit par se mettre dans la tête de s'acheter un renard argenté. Elle me le disait sans avoir l'air. Vous savez, comme on dit des fois, si j'étais riche, je m'achèterais... Dans son fond, elle comprenait bien que c'était de la folie. La preuve, c'est qu'un jour je lui dis : « Ton renard, après tout, on pourrait l'acheter », et que c'est elle qui n'a pas voulu. Mais l'envie lui restait quand même. Huit ou dix ans se passent, des ennuis, ma cadette au sanatorium, un gendre qui s'est mis à boire. Son renard, ma femme en parlait en riant, mais vous savez, un rire tout triste, j'en avais de la peine. Un soir, en sortant de chez Bourakim, je rencontre mon ancien patron qui me demande si je ne voulais pas rentrer chez lui comme chef de rayon. Moi, chef de rayon, vous pensez, je croyais rêver. D'un autre côté, je m'inquiétais. C'était en 1934, j'avais presque soixante-trois ans. A cet âge-là, n'est-ce pas, les idées de revanche sont passées, on n'a déjà plus toute la méchanceté qu'il faut pour bien commander. Mais je n'allais pas laisser passer ça. Pour moi, c'était une belle situation, sans compter la chose de se dire qu'on a réussi à percer quand même. Ma femme était contente aussi. Vous savez comment sont les femmes. On est chez un commerçant, on cause, on dit à une voisine : « Je vous aurai des prix, mon mari est chef de rayon chez Nadar. » Par le fait, on s'est trouvé un peu grisé, moi aussi bien qu'elle. Un beau soir, je rentre chez nous avec un paquet à la main, et c'était le renard argenté. Une bête de toute beauté, c'était, je n'avais pas acheté dans un sac. Comme vendeur, on se fait des relations. Moi, je connaissais le petit cousin d'un fourreur, boulevard de Strasbourg. Le renard m'avait coûté deux mille, mais il les valait. Quand je l'ai déballé, ma femme, elle s'est mise à pleurer. Je n'ai jamais vu quelqu'un de si heureux. Elle n'osait pas le croire. Son renard, elle ne l'aura pourtant pas mis souvent, quatre ou cinq fois, peut-être six, une cérémonie, un baptême, ou dîner en ville chez des gens gênants. Des fois, quand on sortait le dimanche, je lui disais : « Marie, mets-le donc, ce renard. » Mais non, elle avait trop peur de l'user. Elle l'avait placé dans un beau carton avec des boules de naphtaline et bien enveloppé dans du papier de soie. Une fois par semaine, le jeudi, elle lui faisait prendre l'air à la fenêtre, et c'était bien un peu aussi pour le mettre au nez des voisins, pour leur faire savoir qu'elle avait un renard argenté. Et voyez ce que c'est, elle en avait seulement plus de plaisir que si elle l'avait porté tous les jours. Elle était heureuse, moi aussi. Et puis, en 1937, moi si dur, voilà que je me porte moins bien, la vieillesse m'arrive tout d'un coup. La tête lourde, toujours sommeil, les jambes enflées, j'étais fini pour le travail, il a fallu poser le collier et penser à vivre avec le revenu de nos économies. Soixante-cinq mille francs, on avait, qu'il a fallu mettre en viager. Et même en viager, le revenu n'était pas lourd, vous vous en doutez. Pourtant, on arrivait à vivre proprement, on faisait attention, voilà tout. Après ça, c'est la guerre qui vient, les Allemands, l'exode. On a réfléchi. Je voyais cinq ans de guerre sur la Loire, mes filles et mes gendres de l'autre côté, nous, mourir sans les avoir vus. Nous voilà partis, moi un peu de linge dans une valise, ma femme son renard dans un carton et, un mois plus tard, on était de retour. Tant qu'il a fait beau, ça allait, mais après. Question de manger et la dépense, l'avenir s'annonçait difficile. Avec ça, deux gendres prisonniers, une des petites qui se trouvait d'attendre un enfant, il a bien fallu les aider. On n'arrivait plus. Les prix montaient, montaient, mais la rente viagère, elle, ne bougeait pas. Et moi, après l'hiver dernier, il a fallu que je tombe malade. Le médecin disait : « Il faut vous alimenter mieux. » Bien sûr, mais l'argent. « C'est bon, dit ma femme, ne te tourmente pas, on s'en sortira encore pour cette fois. » C'est vrai, qu'au printemps, je me retrouve à peu près d'aplomb, mais elle, je la vois qui commence à baisser. Des mélancolies, elle avait, les jambes molles, le cœur, l'estomac, enfin quoi, le mauvais déversant de la pente. A fallu qu'elle se mette au lit. Un jeudi matin, avant d'aller aux commissions, c'était la fin de l'été, un joli soleil, je lui dis : « Marie, tu veux que je te mette ton renard à la fenêtre? » Sa pauvre tête sur l'oreiller, voilà qu'elle la tourne vers moi, ses yeux brillaient comme jamais vus, son menton s'est mis à trembler. « Mon renard, elle me dit, je l'ai vendu. » Elle l'avait vendu huit cents francs. Il y a un mois, quand elle est morte, j'ai pensé lui en acheter un pour qu'elle n'en ait pas le regret dans sa tombe. « Si ce n'est pas trop cher, je me disais, je trouverai peut-être à emprunter. » Je me suis renseigné. Un renard argenté, d'occasion, ça va chercher dans les dix mille.

— Moi, dit un enfant, j'ai faim. J'ai toujours faim.

— Moi, dit une jeune femme, je ferais mieux de ne pas rentrer. Mon mari est en Silésie, dans un kommando. Il a vingt-huit ans, moi, vingt-cinq, la guerre ne finira jamais. Les jours passent, les mois, les années, ma vie se fait sans lui, et même elle se fait solidement. J'ai beau avoir sa photo dans mon sac, dans ma chambre et sur tous les meubles, je suis seule maintenant à penser et à décider. Le dimanche, j'allais avec lui au rugby, au fodeballe ou au vélodrome. J'applaudissais, je criais : « Vas-y! ou bien : allez! dégage. » Tous les jours, je lisais l'*Auto*, je lui disais : « Dis-donc, Magne a l'air de tenir la grande forme. » Le dimanche, maintenant, je vais au cinéma ou je reste chez moi. Quand il reviendra, je n'arriverai plus à me faire croire que le sport m'intéresse. Je sens que je n'essaierai même pas. Les gens qu'il aimait, je ne les vois plus guère. Avant la guerre, nous allions beaucoup chez les Bourillot, ils venaient chez nous. Bourillot était un ancien camarade d'école de mon mari. Il avait couché avec une actrice, connaissait un sénateur, avait passé quinze jours à New York. Il traitait mon mari comme un minus, l'appelait Duchnoc et Lahuri, me pinçait les cuisses devant lui, ça faisait rire sa femme. En rentrant chez nous, mon mari me disait : « Ces Bourillot, quels amis charmants. » Je répondais oui, pas seulement pour lui faire plaisir, mais un oui qui sortait du cœur. Maintenant, Bourillot, rien que le son de sa voix m'est insupportable. La même chose pour mes beaux-parents, j'espace les visites. Ils sont en carton. Et les détails de l'existence. Lire au lit, sortir en cheveux, me lever tard, me coiffer dans le dos, aller au théâtre, être en retard aux rendez-vous, et tant d'autres choses défendues qui ne pourront plus l'être. Quel chemin j'aurais parcouru, presque sans sortir de l'appartement. Le plaisir que j'ai, c'est bien le pire, à n'écouter que moi, à disposer de moi. Les premiers temps, je le consultais, je me disais : « Voyons, s'il était là. » Maintenant, de moins en moins, et c'est pour me dire : oui, bien sûr, mais quoi, c'est comme ça. Ce qui est grave aussi, c'est que je ne m'ennuie pas une minute. Je souffre de le sentir là-bas, je donnerais tout au monde pour le revoir revenir, mais enfin, je ne m'ennuie jamais. J'ai une vie à moi, une vie façonnée à ma volonté et qui ne pourra plus se confondre avec celle d'un autre. A son retour, bien sûr, je ferai en sorte que rien ne soit changé. Je l'accompagnerai au rugby, je reverrai les Bourillot et les beaux-parents, j'essaierai de ne plus lire au lit. Mais, sûrement, je lui en voudrai et malgré moi, à tout moment, je penserai à une autre manière de vivre qui me paraîtra plus sincère. Je ne suis plus la femme qu'il a laissée, je me suis comme reprise. Que voulez-vous que j'y fasse? Un couple, ce n'est pas une combinaison chimique. Quand les éléments se trouvent séparés, il ne suffit pas de les remettre en présence pour refaire ce qu'on a défait. Les gens qui déclarent les guerres devraient bien penser à ça. Le plus dangereux, c'est que je suis restée sérieuse, que je le resterai, vite du bois. Je n'aurai rien à me faire pardonner, j'aurai la tête libre pour juger. Je connais une femme de prisonnier qui a pris tout de suite un amant. Mais quand son mari rentrera, elle n'aura pas perdu le goût de se façonner à un homme. Leur vie reprendra facilement. Je sais, il y a des femmes qui se marient tard, à trente ans et plus, leur vie déjà faite. Mais celles-là n'ont qu'à s'adapter, bien ou mal. Elles n'auront pas besoin de cacher que le rugby les assomme. Leur franchise n'aura pas l'air d'une trahison. Personne ne leur demandera de dire ou de faire des choses auxquelles elles ne croient pas. On dit que l'amour fait des miracles. C'est bien ce qui me fait peur aussi. Parce qu'enfin, si je dois recommencer à aimer le vélodrome et les Bourillot, je ne sais plus ce qu'il faut souhaiter. Je suis si contente d'être comme je suis maintenant. Ce que je vous dis là, je devrais peut-être l'écrire à Maurice, il s'appelle Maurice. Je n'ose pas. Je sais qu'il attend le jour où la vie reprendra pareille. Dans sa dernière lettre, il disait : « Tu te souviens notre dernier dimanche au Vel'd'Hiv'? » Vous pensez quel coup ce serait pour lui si j'étais sincère. Dans mon existence de femme seule, j'ai pourtant appris à ne rien me cacher. A la première scène qu'il me fera ou bien moi à lui, j'en aurai à dire! J'ai peur d'y penser. J'aurais besoin, pendant qu'il est temps, de me réapprendre à mentir. En somme, j'aurais besoin d'amis.

— Moi, dit une très vieille femme, je ne crois plus en Dieu. Hier soir, j'ai touché deux œufs, des vrais œufs. En rentrant chez moi, mon pied a manqué le trottoir, je les ai cassés tous les deux. Je ne crois plus en Dieu.

— Moi, dit une mère de famille, j'ai toujours un peu peur de rentrer. J'en ai quatre qui m'attendent à la maison. L'aîné a douze ans. Le cinquième est mort en 1941, après l'hiver rutabaga. La tuberculose me l'a ramassé. Il aurait fallu de la viande tous les jours et de la nourriture nourrissante. Où donc je l'aurais prise? Mon mari au chemin de fer, moi faire des ménages quand j'ai le temps, vous pouvez compter qu'avec ça, on n'achète pas au marché noir. Il est mort autant dire de faim. Et les autres, ils sont dans le mauvais tournant, eux aussi. Maigres, des pauvres figures blanches, et toujours un rhume ou la gorge, et fatigués, les yeux battus, guère envie de jouer. Quand je rentre des commissions, ils s'approchent de moi tous les quatre, voir ce que j'apporte dans mon sac. Je les houspille : « Allez, restez pas dans mes jambes! » Ils s'en vont, toujours sans rien dire. Des fois je peux pas, j'ai pas la force. Hier, mon sac il était vide, mais ce qui s'appelle vide, ravitaillement pas arrivé. De les voir venir tous les quatre, le cœur m'a comme éclaté, j'ai pleuré. Par-dessus tout ça, mettez pas de chauffage, par le froid, et la semaine passée, le gaz coupé huit jours, rien de chaud à leur mettre dans le ventre. De froid, ils en ont la peau grise, les yeux morts et l'air de nous dire : « Mais qu'est-ce qu'on a fait? » Et les engelures et les crevasses, il faut voir leurs pieds. Des galoches, même avec un bon, ce n'est pas facile d'en trouver à des prix pour nous. Tenez, en ce moment, je n'en ai que trois paires pour les quatre. Ce qui arrange les choses, c'est que j'en ai toujours au moins un de malade qui reste couché. M'arrive d'aller à la mairie réclamer un bon de supplément, un bon de ceci, un bon de cela. Je devrais pas, je sais ce qui m'attend, mais quand je vois mes gosses toussoteux, maigrefoutus et rien au ventre, c'est plus fort que moi, je m'en vais réclamer. Pensez-vous, ils m'envoient baigner, la gueule en travers et des mots pas propres. Je suis pas assez bien habillée. Et où que je me retourne, allez, c'est toujours du pareil au même. Un fonctionnaire à son guichet, c'est le chien des riches et des grossiums. Quand il voit du pauvre, il montre les dents. Qu'est-ce que j'avais besoin, aussi, de mettre des enfants au monde? Ce qui m'arrive, je l'ai bien cherché. S'ils doivent se périr tous les quatre, qui c'est donc que ça dérangera? Pas le gouvernement, bien sûr, ni la mairie. Et les richards encore bien moins. Pendant que mes enfants meurent de faim, pour ces cochons-là, c'est des œufs à vingt francs la pièce, viande à tous les repas, beurre à quatre cents francs, poulets, jambons à s'en faire éclater le gilet. Et les habits, et les souliers, et les chapeaux, leur manque rien, soyez tranquilles. Les riches, ils mangent plus qu'avant guerre, ils se forcent même à manger, peur d'en laisser aux malheureux. J'invente pas. Hier, j'ai entendu chez l'épicier deux femmes harnachées, pardon, fourrures, bijoux et pékinois, elles disaient que les gens, de peur de manquer, ils mangeaient le double d'autrefois. « C'est comme ça chez nous », elles disaient. Parlez-moi des riches. Tous assassins, tueurs d'enfants, voilà ce que c'est. Marchez, la guerre, ça durera pas toujours. Quand les Allemands ils partiront, on aura des comptes à régler. Tous ceux qui auront la gueule fraîche et le ventre sur la ceinture, on aura deux mots à leur dire. Pour chacun de mes gosses qu'ils m'auront assassiné, il m'en faudra dix. A coups de galoche dans la gueule, que je les tuerai, et je mettrai du temps, je veux qu'ils souffrent. Les cochons, ils ont le ventre plein quand ils viennent nous causer honneur, loyauté et tout le tremblement. Moi, l'honneur, on en recausera quand mes enfants n'auront plus faim. Des fois, je dis à mon époux : « Victor, je lui dis, débrouille-toi un peu, à ta gare du Nord; il y a des employés qui prennent des colis de prisonniers, fais-en autant; quand chacun n'en a que pour son ventre, que les riches, ils se moquent des lois qu'ils ont fabriquées, y a pas tant à tournicoler : c'est chacun pour soi, n'importe comment. Mais lui, pensez-vous, c'est le père de famille honnête homme. L'honneur, il l'a dans les dents comme du caramel. Et tant pis pour nous.

— Moi, dit une fillette de douze ans, si vous saviez ce qui m'est arrivé. Le soir en rentrant chez moi, dans les escaliers de la rue Patureau, il y avait un homme, un grand, pas rasé, l'air sournois, qui me regardait avec des yeux, je peux pas dire comment. Ma mère, elle le dit souvent, que tous les hommes c'est des cochons. Mais celui-là, j'en avais peur. Hier soir, il s'était caché dans une encoignure. Quand je suis passée, il m'a sauté dessus. Il m'a allongée de tout mon long sur la pierre. Et il m'a volé mes lacets de souliers.

— Moi, dit une vieille demoiselle, je suis bien fatiguée. La vie, les choses qui arrivent maintenant, ce n'est plus guère pour moi, et de moins en moins. Je suis couturière dans la rue Hermel, mais pas besoin de vous le dire, je ne couds plus grand-chose. Avant guerre, c'était déjà dur. Je faisais la robe, le manteau, le tailleur, le corsage aussi. J'ai eu jusqu'à cinq ouvrières. J'avais la clientèle bourgeoise, je vous parle d'il y a longtemps. Après, la concurrence est venue. Il y avait les grands magasins, les spécialistes du tailleur, ceux de la robe, ceux de la blouse. Et le tout fait, l'article de série. Sauf que c'était moins solide, ils faisaient presque mieux que moi et moins cher aussi, il faut le dire. A la fin, je faisais surtout des rafistolages, des transformations, je n'avais plus qu'une ouvrière, mal payée, mais faire autrement? Et maintenant je n'ai plus d'étoffe. Vous me direz : « Il y a le marché noir », mais moi, je ne suis pas dans le mouvement. Et les capitaux que je n'ai pas. Quand on est vieux, pour engrener au marché noir, il faut être riche ou bien dans le courant des affaires ou encore être fonctionnaire. Avant guerre, on m'apportait encore du travail à façon. C'est fini ou presque. Les femmes qui s'achètent du tissu à quinze cents francs le mètre, elles veulent des façons qui soient chères aussi. A moins de deux ou trois mille francs, elles n'ont pas confiance et moi, si je demande plus de trois cents, on me rira au nez. Maintenant, je suis la vieille couturière. C'est ce qu'on dit quand on parle de moi, une vieille couturière, rue Hermel, qui fait des petits travaux pour presque rien. La vieille couturière, oui. Et il y a seulement dix ans, j'habillais les commerçantes bien et même des femmes de commissaires et d'avocats. Mais si je vous disais que Mme Bourquenoir, la femme du conseiller municipal, c'est moi qui lui faisais ses robes. Quand je pense où j'en suis venue : rétrécir des habits pour les pauvres du coin, tailler des culottes de garçon dans des vieux manteaux, mettre des pièces, faire durer. Quand on a été une vraie ouvrière, c'est pénible, allez. Et de la besogne comme ça, si j'en avais à suffisance, mais non, il s'en faut. Ma chance, c'est qu'avec les tickets on ne peut pas manger à sa faim, sans quoi je n'aurais pas du travail pour. J'ai soixante-cinq ans, je n'ai jamais été jolie, et si je comptais pour quelque chose, c'est parce que j'avais un métier, un vrai : « Mlle Duchat, robes, manteaux, tailleurs. » Juste avant la guerre, même encore, j'étais connue des commerçants. Si peu que j'achetais, n'est-ce pas, c'était quand même des sourires et des mots polis, des « Bonjour, mademoiselle Duchat. » Mais aujourd'hui les commerçants, ils ne savent plus mettre un nom que sur l'argent. Les pauvres, ils ne les connaissent plus. La guerre, elle finira peut-être un jour, mais moi, je resterai à l'écart. Les femmes retrouveront leur mari, les hommes leur métier, mais personne ne viendra me le dire. Je n'attends plus rien, moi.

— Moi, dit un gamin, je voudrais bien que la fin du monde arrive avant midi. Je viens de perdre toutes nos cartes de pain. Ma mère le sait pas encore.

— Moi, dit une fille de mauvaise vie, j'en ai marre. Je suis ce que vous savez, mais faudrait pas vous figurer. Bien des gens, ils croient que le métier, c'est le bon moyen pour s'engraisser. Ça, bien sûr, vous trouverez des femmes qui font leur sac dans la journée, mais ces tapins-là, c'est pas pour ma poire. Moi, je fais du courant, mon client, c'est le client moyen qui gratte sur son mois pour la distraction. Autrefois, je me faisais mes cent francs l'un dans l'autre, peut-être un peu plus, guère avec. En vivant un peu à l'économie, mon bonhomme et moi, on arrivait à s'en tirer et même à en mettre un peu à la caisse d'épargne. Fernando, son idée à lui, c'était qu'on achète un jour une buvette au bord de la Marne. Remarquez bien qu'avant la guerre c'était pas des choses impossibles. Et encore, la guerre, ça aurait pu être une bonne chose, si seulement le pays l'avait été prêt. Mais du haut en bas, il y avait trop de laisser aller, le Français était trop jouisseur. Il y a eu des fautes de commises. Total, on est dans le blaquaoute. Pendant la drôlette, on n'a pourtant pas trop souffert, au contraire. Il y avait du monde, l'homme n'était pas rare, il voulait du linge. Même après aussi, quand les Allemands ils ont déboulé dans Paris, on a eu une bonne époque. Tous leurs militaires, ils les envoyaient visiter Paris. Maintenant, le militaire, il s'est éclairci. Bien finie, qu'elle est, l'époque du tourisme. Avec ça, vous avez à peine le temps de travailler. Voyez à la saison qu'on est, à six heures, il fait déjà noir. Il faut travailler au café. Les consommations, elles sont chères, on est forcément beaucoup de femmes et pour le client, question atmosphère, c'est pas la même chose que la rue. Et ça ne m'avantage pas non plus. Vous avez des femmes qui ont l'œil vicieux où des estamboums qui provoquent. Moi, ce que j'aurais de mieux, je sais pas si vous avez remarqué, c'est des pieds jusqu'à la ceinture, mais je peux pas m'asseoir sur la table. Des femmes, il y en a aussi qui parlent l'allemand, ça donne des facilités pour le militaire. Fernando, il a voulu me le faire apprendre, il m'envoyait tous les matins dans une école. Mais je comprenais rien, j'ai laissé tomber. Moi, voyez ce que c'est, même l'argot, j'ai jamais pu me le faire entrer. Question d'éducation aussi. Chez moi, on n'a jamais causé argot. Mes vieuzoques, ils auraient pas toléré. Avec eux, c'était labeur, labeur. Et midi pour sortir le soir. Dans un sens ils avaient pas tort. Aujourd'hui, pour ce que ça rapporte, sortir le soir. Les prix ont bien monté un peu, mais au prix que tout coûte à présent, ça ne compte pas. Se loger et nourrir un homme, vous vous rendez compte. Avec ça il me faut du linge, des bas de soie, et lui, Fernando, il s'habille aussi. C'est qu'il est coquet, il faut voir. Au moins s'il voulait s'occuper. Je connais des femmes, leurs hommes, ils s'arrangent, ils font de l'arnaque au marché noir. Mais lui, pensez-vous, il a bien trop peur et d'abord, il est pas capable. Des fois, quand je suis sur les nerfs, je lui en veux, je l'assaisonne à grands coups de bottine, mais après, j'ai regret, je me dis, c'est la nature chétive, qu'est-ce qu'il en peut, pauvre conard. Vous le connaissez peut-être. Mais si. Un petit maigriot en pardessus beige, une épaule plus haute que l'autre, avec une gueule en tranche de lune. La mode avant la guerre, dans le métier, c'était de se maquer avec des tordus, des avortons, moitié idiots. Vous vous rappelez comme on chantait : *C'est un vrai gringalet pas plus haut qu'un basset.* Avec ces mentalités-là, c'était forcé qu'on perde la guerre. Parce que le moral, faut pas se tromper, mais ça y fait. En tout cas, maintenant, mon miteux, je l'ai pour moi. Celui-là, vous pouvez dormir, on l'enverra pas en Allemagne.

— Moi, dit une vieille dame, voilà plus de quinze jours que je n'ai pas eu de mou pour mon chat. Il s'appelle Kiki.

— Moi, dit un homme, cent dieux de nom de Dieu de bon Dieu. Qu'on nous donne du vin, j'en peux plus. J'en peux plus! J'en peux plus! Avec leur répartition, ils se foutent de moi. Je buvais mes six litres par jour, mes quatre apéros, et mon verre de fine après le camembert. J'étais solide comme le Pont-Neuf, jamais un jour de maladie et toujours là pour le travail. Maintenant, voyez-moi, j'ai cinquante-quatre ans et plus bon à rien, forcément. J'ai lâché mon métier de plombier, je tremble de partout, regardez mes mains, je sucre les fraises, les jambes qui grelottent, elles pèsent comme du plomb et à chaque instant la tête qui s'en va. Comment expliquez-vous ça? Je vous dis, solide comme le Pont-Neuf. Comme le Pont-Neuf, oui, je me portais. Le Pont-Neuf, bon Dieu. Mais pas de vin. Qu'est-ce que vous voulez faire sans vin? En supprimant le vin, vous détruisez l'homme. Je sens que j'ai le feu dans l'intérieur. J'en peux plus, je vous dis. J'en peux plus! Un litre de vin pour une semaine. Assassins. Ma femme, elle touche son litre aussi, mais vous pensez bien, elle boit tout, elle me laisse rien. Avant-hier matin, on avait touché la répartition. Le soir, ma femme s'en était gardé un verre au fond de sa bouteille. Moi, j'en pouvais plus, j'ai voulu lui prendre. Par le fait, c'était malgré moi. Tous les deux on était comme fous, elle m'a envoyé un plat sur la tête. Le Pont-Neuf. Ah! s'ils se doutaient, leur répartition, le mal qu'ils peuvent faire. Mon gamin qui va sur treize ans, il ne touche rien, lui. Pourtant, il en a besoin aussi. Un gamin qu'on avait soigné, jamais le vin lui avait manqué. A l'âge de trois ans, il avalait déjà son verre de rouge à tous les repas. On l'habituait petit à petit. S'agissait pas non plus d'aller lui faire mal. Assez, c'est bien, mais trop, c'est trop. Le Pont-Neuf. A neuf ans il buvait son litre par jour et bien souvent son litre et demi. Comment voulez-vous qu'un enfant profite quand il n'a plus de quoi. Surtout que lui, ce n'est pas mon tempérament. Il a toujours été chétif, les nerfs pas d'aplomb, des saloperies qui suppuraient. Seulement, ce qu'il avait qui le soutenait, c'était son petit litre à boire tous les jours. Maintenant, obligé de boire de l'eau. Si c'est pas révoltant. Le Pont-Neuf. Lui, encore, il est jeune, il aura le temps de se rattraper. Mais moi, un homme de cinquante et plus, me foutre un litre par semaine. Un litre. Non, un litre. Et l'attendre pendant des jours. J'en peux plus!

— Moi, dit un Juif, je suis juif.

— Moi, dit une jeune fille, j'ai eu seize ans l'année de la guerre. Je me rappelle Paris quand j'avais seize ans. Que de monde il y avait dans les rues, et du bruit, et des magasins, des voitures sans fin avec des klaxons qui chantaient en jazz et tous les hommes avaient vingt ans. Avec mes amies, en sortant de l'école, il fallait chercher son chemin dans la foule et pour s'entendre, parler haut, rire et crier. Aux carrefours, les agents nous attendaient, tous si jeunes. Ils nous donnaient le bras comme au bal, les voitures faisaient la haie pour nous voir passer et en nous quittant si je m'en souviens bien, les agents nous offraient des roses, des jasmins et des myosotis. Pour rentrer chez moi, rue Francœur, le joli chemin. Place Clichy, on allait lentement, à cause de la presse et aussi parce qu'il fallait bien répondre à tous les sourires. Les garçons étaient toujours au moins mille et ils avaient tous des souliers de couleur, des pochettes en soie et des figures d'anges. Comme ils nous regardaient, tantôt bleus, leurs yeux, tantôt noirs, et les cils dorés. On n'entendait pas tout ce qu'ils disaient, mais seulement des mots : amour, cœur, demain, ou bien des prénoms et c'étaient toujours les nôtres. Ils passaient pour nous, ils savaient qu'un jour il arriverait des choses à n'en plus finir. Ils se massaient aux terrasses des cafés pour nous suivre des yeux longtemps, nous jeter des fleurs, des oiseaux et des mots qui nous faisaient bondir le cœur. Sur le pont Caulaincourt j'étais déjà un peu ivre, les garçons chantaient dans ma tête. Je me rappelle un mois de juin, sur le pont, c'était grand soleil, les morts du cimetière sentaient les fleurs des prés comme jamais depuis, les garçons marchaient dans des complets de lumière et la vie était si fraîche que j'ai poussé un cri d'élan et que mes pieds ont quitté la terre. C'est Janette Couturier, une amie, qui m'a retenue par les jambes. Je lui en ai voulu longtemps. Le plus beau moment du retour, c'était la montée de la rue Caulaincourt. Dans ce temps-là, elle tournait en spirale tout autour de la Butte. Les autos, rangées le long des trottoirs, faisaient un double trait bleu qui se tordait comme une fumée, et le ciel avait des reflets roses. Si je me trompe, dite-le-moi, mais je me rappelle que les arbres gardaient leurs feuilles en toute saison. La rue Caulaincourt était moins passante que le pont, mais les garçons étaient aux fenêtres, aux portières des voitures et surtout dans les arbres. Ils faisaient pleuvoir sur nous des soupirs, des billets doux et des chansons si tendres que les larmes en venaient aux yeux. En rentrant chez moi, je trouvais toujours cinq ou six cousins, venus soi-disant voir mon frère. On jouait à rire et même à s'embrasser un peu. Maintenant, je peux bien le dire. La nuit, je rêvais que j'avais mon baccalauréat et que pour me récompenser, la directrice me donnait à choisir un amant pour la vie entre les cent plus beaux garçons de la Butte. Aujourd'hui, mes seize ans sont loin. Mon frère a été tué à la guerre, mes cousins sont prisonniers, mes amis ont pris le train à la gare du Nord. Les jeunes gens qui restent, on en rencontre quelquefois, ils ne pensent pas à nous. Ils ne nous voient pas. Les rues sont vides, les agents sont vieux. La rue Caulaincourt ne tourne presque plus. En hiver, les arbres sont nus. Vous croyez que la guerre va durer longtemps?

La quatorzième personne ne dit rien, car elle venait de mourir tout d'un coup, entre ses nouveaux amis. C'était une jeune femme, mari prisonnier, trois enfants, la misère, l'angoisse, la fatigue. Ses nouveaux amis se rendirent à la mairie pour y accomplir les formalités. L'un d'eux s'entendit répondre par un employé qu'il n'y avait plus de cercueils pour enterrer les gens du dix-huitième arrondissement. Il protesta qu'il s'agissait d'une femme de prisonnier. « Qu'est-ce que vous voulez que j'y fasse? je ne peux pas me changer en cercueil », fit observer le préposé. On chercha dans le quartier, Borniol n'avait plus rien en rayon. Un confiseur offrit de procurer un cercueil en sapin pour une somme de quinze mille francs, mais les orphelins n'avaient pas le sou et les amis n'étaient pas riches. Un menuisier honnête homme proposa de fabriquer une bonne imitation en contre-plaqué. Entre-temps, la mairie avait reçu des cercueils et la jeune femme put être enterrée décemment.

Ses compagnons suivirent son convoi et, en sortant du cimetière, s'attablèrent dans un café où on leur servit à chacun, contre un ticket de cent grammes de pain, un sandwich aux topinambours. Ils n'avaient pas fini de manger que l'un des convives fit observer qu'ils étaient treize à table et qu'il fallait s'attendre encore à des malheurs.

DU MÊME AUTEUR

Aux Éditions Gallimard

ALLER-RETOUR, *roman.* (Folio).

LES JUMEAUX DU DIABLE, *roman.*

LA TABLE-AUX-CREVÉS, *roman.* (Folio).

BRÛLEBOIS, *roman.* (Folio).

LA RUE SANS NOM, *roman.* (Folio).

LE VAURIEN, *roman.*

LE PUITS AUX IMAGES, *roman.*

LA JUMENT VERTE, *roman.* (Folio).

LE NAIN, *nouvelles.* (Folio).

MAISON BASSE, *roman.* (Folio).

LE MOULIN DE LA SOURDINE, *roman.* (Folio).

GUSTALIN, *roman.*

DERRIÈRE CHEZ MARTIN, *nouvelles.* (Folio).

LES CONTES DU CHAT PERCHÉ. (Folio).

LE BŒUF CLANDESTIN, *roman.* (Folio).

LA BELLE IMAGE, *roman.* (Folio).

TRAVELINGUE, *roman.* (Folio).

LE PASSE-MURAILLE, *nouvelles.* (Folio)

LA VOUIVRE, *roman.* (Folio).

LE CHEMIN DES ÉCOLIERS, *roman.* (Folio).

URANUS, *roman*. (Folio).

LE VIN DE PARIS, *nouvelles*. (Folio).

EN ARRIÈRE, *nouvelles*.

LES OISEAUX DE LUNE, *théâtre*.

LA MOUCHE BLEUE, *théâtre*.

LES TIROIRS DE L'INCONNU, *roman*. (Folio).

LOUISIANE, *théâtre*.

LES MAXIBULES, *théâtre*.

LES CONTES BLEUS DU CHAT PERCHÉ. *Illustrations de Jean Palayer. Nouvelle édition en 1963.*

LES CONTES ROUGES DU CHAT PERCHÉ. *Illustrations de Jean Palayer. Nouvelle édition en 1963.*

LE MINOTAURE précédé de LA CONVENTION BELZÉBIR et de CONSOMMATION, *théâtre*.

ENJAMBÉES, *contes*.

LA FILLE DU SHÉRIF, *nouvelles* (recueil posthume).

DU CÔTÉ DE CHEZ MARIANNE, *chroniques 1933-1937*.

Bibliothèque de La Pléiade

ŒUVRES ROMANESQUES COMPLÈTES, I.

Dans la collection Biblos

LE NAIN — DERRIÈRE CHEZ MARTIN — LE PASSE-MURAILLE — LE VIN DE PARIS — EN ARRIÈRE.

Impression Liberdúplex
à Barcelone, le 3 janvier 2005
Dépôt légal : janvier 2005
Premier dépôt légal dans la collection : juin 1972
ISBN 2-07-036961-7./Imprimé en Espagne.

134274